書下ろし

乱れ雲

風の市兵衛 弐㉘

辻堂 魁

祥伝社文庫

目次

『乱れ雲』の舞台

不忍池
神田川
市兵衛の店（永富町）
土もの店
四軒町
口入れ屋「宰領屋」（三河町）
「川しな屋」（安針町）
鎌倉河岸
神田橋御門
江戸城
永代橋
呉服橋
日本橋
江戸橋
北町奉行所
地蔵橋
豊海橋
渋井鬼三次の組屋敷（北島町）
柳井宗秀の診療所（柳町）
南町奉行所
虎之御門
新橋
古物商「備前屋」（八官町）
広川助右衛門の屋敷
天徳寺

地図作成／三潮社

序章　流行風邪

漆黒に塗りこめられた沖合に、ぽつりと、豆粒ほどの赤い火が灯った。

火は半弧を描いて数回ふれ、一旦止まって沖合の気配を凝っとうかがい、しばしの間をおいてまたふれた。

それが三度ふれると、漆黒にまぎれるようにふっとかき消え、沖合は夜ふけの深い沈黙に蔽われた。

「元締、合図がきやした。こっちからもかえしやすぜ」

艏で漆黒の沖合を見張っていた二人の手下のひとりが、胴船梁に腰かけた元締へふりかえって、忍ばせた声を寄こした。

「かえせ」

元締の幾左衛門が、艏の見張りに低く言った。

艏のひとりは弓張提灯を手にしていて、艏の板子に立ちあがり、それを星のまたたく夏の新月の夜空に差しあげ、こちらも半弧を描くように大きく左右にふった。すると、消えていたかがり火が、沖合にまた小さく灯された。

「ようし、お宝がきたぜ。船を出せ」

幾左衛門が周りの手下らに命じた。

艫の男がゆったりと櫓を軋らせ始め、海辺から沖合に灯った火を目指して、瀬取船は漆黒の海へ漕ぎ出した。

辰巳の方角から磯のほうへ微風がそよぎ、寄せる浪に幾左衛門と瀬取船は少しもまれた。だが、幾左衛門と手下らはこれしきの浪には慣れていて、屁とも思わなかった。

誰ひとり口を利かず、星空の下の漆黒の沖合に灯る火を、むっつりと見つめていた。櫓床の軋りと中棚を叩く浪の音が、闇の窃なささやき声のように聞こえるばかりである。

やがて、千石積の外艫が船体より高く反りあがった弁財船の、夜よりもいっそう黒々とした影が現れた。表垣立にかがり火をかざした男のほかにも、数人の水主らがいて、瀬取船が近づいていくのを待っていた。

暗くて船頭の顔は見分けられなかったが、大坂の廻船問屋・山木左之助所有の中山丸に違いなかった。二十数反帆の帆はおろしてある。

「おおい、そちらは廻船問屋・山木左之助所有の中山丸でございやすか」

舳の手下が声を抑えつつ、表垣立の水主らへ呼びかけた。

「そうだ。そっちは東宇喜田の幾左衛門さんか」

と、中山丸からも声を抑えた返事が投げかけられた。

「へい。こちら、東宇喜田の元締・幾左衛門親分の瀬取船でございやす。江戸八官町の《備前屋》さんの下り荷を、受けとりに参りやした。船頭の梅五郎さんは、いらっしゃいやすか」

「梅五郎はわしや。備前屋さんの下り荷は用意してある。船をつけえ」

船頭の梅五郎が言った。

「梅五郎さん、お久しぶりで。東宇喜田の幾左衛門でございやす。毎度、お世話になりやすぜ」

幾左衛門が梅五郎へ声を投げた。

「ああ、幾左衛門さんか。三月ぶりやな。今回は荷物がちょっと多いで。手早う運んでくれ。ここでぐずぐずしてられん」

「承知しやした。みな、さっさと済ますんだ」

瀬取船は中山丸へするすると漕ぎ寄せていき、船体の上棚に横づけしたとき、ごとん、と音をたてた。

すぐに、数人がかりで大葛籠が七つと長持が二つ、それから筵でくるんだ刀剣類と思われる荷が、瀬取船に次々とおろされた。おろすときに荷が少しでも傾いたり、葛籠の中で音がたったりすると、

「大事なお宝だ。気をつけろよ」

と、幾左衛門がたしなめた。

みな段どりに慣れており瀬取りは手際よく運んだが、そろそろと進めるため、終わらせるまでに半刻（約一時間）以上がかかった。

「じゃあな。山木の旦那によろしく伝えてくれ」

「よっしゃ。備前屋の旦那にもな」

幾左衛門と梅五郎が声をかけ合い、瀬取船は中山丸から離れていった。

たった半刻ほどの間に、少し海風が強くなり浪のうねりも大きくなっていた。

すると、中山丸の帆柱の蟬ががらがらと鳴って帆桁があがり、ぼっ、と音をたてて二十数反帆の本帆が夜風を孕んだ。中山丸は太い梁を獣のうめきのように軋ませ、千石積の大きな船影を沖のほうへ転じ始めた。

「あばよ。またな」

幾左衛門は星空の沖へ、中山丸が帆を張った船体の影をわずか傾け、ゆっくり去っていくのを見送りながら呟いた。

江戸の中川よりさらに東方、江戸川河口の海沿いの東宇喜田と猫実一帯を縄張りにする貸元の幾左衛門は、堀江の渡船場の元締でもあった。土地の博徒や気の荒い船頭らを束ね、小菅陣屋の役人らも一目置く顔利きだった。

だが、渡船場の元締の顔のほかに幾左衛門はもうひとつの顔を持っていた。

年に数度、東宇喜田の沖合を航行する西国の廻船から、夜ふけの夜陰にまぎれて、あるわけありの下り荷を瀬取りする仕事を請けていた。

命がいくつあっても足りないほどの危ない仕事だったが、それだけ大きな儲けを生む仕事でもあった。

瀬取りした下り荷は手下らが行商を装い、手分けして背に負い、両天秤にかついで、逆井の渡しから中川を越え、竪川沿いの道を江戸へと運んでいく。

小名木川の舟運が使えたら、もっともっと多くの下り荷を瀬取りして江戸へ運ぶことができるが、小名木川には中川の船番所があって、それはできなかった。

その夜、東宇喜田への戻りの瀬取船が浪のうねりにゆれていた。

「何かいい手がねえものかな。もっと稼げるのに、これだけのお宝を、まったく惜しいぜ」

と、幾左衛門は江戸のほうの星空を見あげ、溜息まじりに呟いた。

その夏の終り、妙な夏風邪が江戸市中に流行った。

図らずも泉下の客となる者も出て、ほんの二、三日咳こんで身体がだるく熱っぽく、寝こむほどではないものの、養生しなくてはと思っていたところへ、四日目あたりから急に高熱を発して起きていられず、呼気が絶え絶えになるほど胸を冒されて息を喘がせ苦しみ衰弱していき、それから早くて四、五日、遅くてせいぜい七、八日ほどで力つきる、というものだった。

働き盛りや若い衆、子供らも、その夏の流行風邪に冒されたが、命までとられる者はわずかだった。

年寄が多くやられた。

夏の終りから秋の初めにかけ、町内のどこかで葬儀の行われぬ日はなかった。

表店にも路地の裏店にも読経が流れ、線香の煙が果敢なげに燻れ、哀号の聞こえる日が続くこともあった。

「へえ、あれはつい先だって」

「おやまあ、ご隠居さんが」

と、夏の午前に町内の湯屋の二階で風呂あがりの浴衣（ゆかた）を着けて将棋（しょうぎ）を指していた隠居が、秋の声をそろそろ聞くころには、脆（もろ）くも身を果敢なくしたという遣（や）りとりが、普段の町角の挨拶（あいさつ）代わりに交わされた。

京橋（きょうばし）の柳（やなぎ）町に診療所を開く蘭医（らんい）・柳井宗秀（やないそうしゅう）も、その夏の流行風邪の所為（せい）で、大忙しどころの騒ぎではなかった。

始まりは、蟬の声が盛んに聞こえるある日の午前だった。

ぽつり、ぽつり、と雨粒が落ちてきて空を見あげた途端（とたん）、突然の驟雨（しゅうう）がざあざあと音をたてて降り出すかのように、宗秀の狭い診療所に病人が押し寄せ始めた。

次々にやってくる病人は、診療所に入りきれず、戸外の小路（こうじ）から柳町の往来にまで群がり、しかも、診療所に入りきれない者の中に、立っていられず蹲踞（しゃが）みこんで激しく咳こんだり倒れる者も出始め、町内は騒然となった。

知らせを受けて駆（か）けつけた自身番の町役人（ちょうやくにん）らが、診療所に入りきれない病人の状態を見て呆れ、宗秀にわけを問い質した。

　すると、宗秀は沈鬱な面持ちを見せて言った。

「わずか一刻（約二時間）ほどでこの有様だ。どうやら、大変なことが起こっているようだ。妙な流行風邪にみな胸をやられている。重篤の者もいる。このままでは今に死人が出る恐れもある。わたしひとりでは手に負えん。名主どのに頼んで、町奉行所に知らせて助けを求めたほうがいい。それから、風邪を周りの者に感染さぬよう、病人とそうでない者を隔てねばならん。至急、今ここにいる病人を収容できる場所を用意してほしい。できるだけ広い場所がいい」

　なんだい、流行風邪でかい？

　と、町役人らは騒ぎの大きさを少々訝った。

　しかし、死人の出る恐れもあると宗秀が言うのだから放っておけず、彼方此方を駆けずり廻って、ようやく本材木町七丁目の楓川沿いに、材木問屋の土手蔵を一棟借り受ける話がついた。

　宗秀は、症状の軽い者や咳をして熱が出ていても起きて歩ける者には、水分を充分にとって、なるべく家人を近づけず安静にしているようにと言いつけ、発汗を促す生薬を与えて家に帰す一方、町役人らを指図して町内中の人手をかき集め、重篤で起きていられない病人を、土手蔵の収容場所に運び入れた。

そのさい、宗秀は病人の看病にあたる人手に、主に裏店のおかみさんたちだったが、病人の咳に混じる唾を浴びて風邪が感染ってはいけないので、手拭か何かの布で口と鼻を必ず覆い、またこまめに手洗いと嗽をすること、やむを得ないとき以外は病人に近づかぬことと、厳重に言いつけた。

ところが、その日の午後には、増える一方の病人に土手蔵の収容場所では足りなくなり、町役人らはまた町内を駆けずり廻らなければならなかった。

町内では、どうやら妙な風邪が流行っているらしいと、噂だけは広まっていて、病人を収容できるほどの蔵などを持つどの店も、商いに差し障りがあってはと、手を貸すのに二の足を踏んだ。

そこへ、柳町の隣の炭町に軒をつらねる色茶屋の主人らが、抱えている茶汲の女衆が日ごろ宗秀の診療所で診療を受けており、こういう至急を要する事態にこそ商売抜きで宗秀先生に恩がえしをと、助勢を申し入れてきた。

「まことにありがたい」

宗秀は逡巡する町役人らを尻目にかけ、病人を色茶屋の二階に運ばせたが、看病にあたる人手は裏店のおかみさんたちではなく、白粉顔に手拭や襦袢の赤い端布で鼻と口を覆った色茶屋の女衆に任せることになった。

ともかく、それからも診療所にくる病人の数は増え続け、のみならず、柳町周辺の町家でも流行風邪に罹った病人が町内の町医者や薬種店に押しかけ、そちらでも似たような騒ぎになっていると、この妙な流行風邪が余所の町でも広がっているらしい話が伝わってきた。

さらに夕方になって、収容した病人の中から、二人、三人と続けて命をとられる者が出るにいたり、町役人らは、これは商売どころではない事の重大さに、やっと気づかされたのだった。

この事態に、初め、町奉行所の動きは鈍かった。

柳町の名主が町役人とともに、月番の南町奉行所へ急病人救済の願いを訴え出たのは、最初の死人が出たあとの夕暮れだった。

「妙な流行風邪で急病人を多数出したうえに、死にいたる者もおります。病人は今も増え続け、町内のみにてこれだけの急病人の数に対処がつきません。何とぞ、御番所のお指図により手を打っていただきたいのでございます」

訴えを受けた当番方の与力は、与力番所の部屋から落縁下に畏まった名主と町役人を見おろし、素っ気なく言った。

「ふむ、夏風邪か。死人もおるとは、由々しき事態だな。相わかった。では、ただ今、仮の場所に収容いたしておる病人の数と、このちいかなる救済を望むのか、子細を書面にいたし、改めて願い出よ。それを検討いたし、適宜なる処置と認められれば、御奉行さまにご報告いたし、善処いたす。わかったか」

「は、はい。ではございますが、ただ今も病人が次々と運びこまれており、われらでは急を要する今のこのときに応ずることが困難なのでございます。御番所のお指図により、適宜な手だてが決まりますまでの当面、増え続けております病人の収容場所を、臨時にでもご用意していただければ、重篤な者をひとりでも多く救えるのでございますが」

「だから、そのためには書面がいると言うておる。急いで事の子細とそのほうらの要望を書面にて提出いたせ。速やかに協議いたし、なるべくそのほうらの要望に添えるよう御奉行さまにもお伝えする。それでよかろう」

「おありがとうございます。となりますと、協議の行われている間にも運びこまれてまいります急病人は、いかがいたせばよろしいのでございますか」

「決まりがあるのだ。書面にて願いを出さねば、奉行所とて動けぬことぐらいのことが、そのほうらにはわからぬのか。どうしようどうしようとお上に頼る前に、まずは自らなすべきことをなせ」

まったく、話のわからん者どもだ。

と言うかのように、継裃を着けた当番方の与力は、同じく当番方の黒羽織に白衣の同心らと苦笑を交わした。

目が廻るほどに慌ただしい最初の日が暮れてから、名主の屋敷に町役人らが集められた中に宗秀も呼ばれた。

これからも間違いなく増え続けるに違いない町内の病人を収容する場所を、さらに増やす必要があり、それをどのように確保するか、手だてを協議した。

そこで宗秀が言った。

「みなさん、死人がもっと出ます。隣人、親類縁者、あるいはみなさん自身がそうなるかも知れぬのです。町奉行所が腰をあげるまで、手を拱いているわけには参りません。そのためには……」

と、まずは流行風邪を感染さず感染されないため、やむを得ぬ場合以外は他人と会わぬように心がけることをすべての町民に厳重に伝える。

そのうえで、北隣の常盤町、南隣の炭町、東西両隣の本材木町七丁目と具足町の町役人にも話を持ちかけ、各町の会所地に町入用で仮小屋を大急ぎで建て、

「やれやれ。ここまでくれば安心だ」

と、清々しい息を吸ってひと息つくのが、ごく普通の光景だった。

大名家のお抱えになるほどの医者の中にも、まことしやかに言う者もいた。

「武家屋敷地と町地では、そこに暮らしておる者の心がけが違うのです。町家の汚さや町民らの不潔な暮らしぶりは、武家屋敷では見られません。さすが武家屋敷で暮らす者は、身分の低い奉公人にいたるまで、おのれのみならず、その周囲にまで気を配って清潔を保とうといたしております。武家と町民では、心がけが違うと申しますか、人のできが違うのですな。流行風邪の毒も、できのよい者には恐れをなして近づけぬのでしょう」

両国は川開きのさ中で、町家の流行風邪がなければ、船遊びの客の花火が派手に打ちあげられ、両国大橋も東西両国の盛り場にも人があふれているのに、今年は船遊びにも盛り場にも客の姿はめっきり減って、夕涼みにはほどよいぐらいの閑散とした町の風情を見せていた。

そんな両国の盛り場へ、武家屋敷地の若侍たちが連れだって繰り出し、威勢のいい町民らの少ないのをいいことにして、酒場や往来でわが物顔にふる舞う様子がしばしば見受けられた。

町家では質(たち)の悪い風邪が流行っておるのだから、とそれをたしなめる大人もいなかったし、流行風邪など、二、三日も安静にしておれば治ると、老いも若きもそれぐらいにしか思っていなかった。

七月の七夕の翌日、江戸城躑躅之間(つつじのま)襖際(ふすまぎわ)の大番(おおばん)の組頭が、流行風邪にやられて倒れた。躑躅之間を中之御廊下へ出て、御納戸(おなんど)部屋の前まできた処(ところ)で突然激しく咳こみ、息ができなくなって廊下の青畳(あおだたみ)にうずくまったのだった。

組頭は五十すぎながら、これまで病気ひとつしたことがなく、組下の若い大番衆らに親父(おやじ)さまと慕(した)われていた、豪放磊落(ごうほうらいらく)な老侍だった。

それを皮切りにしたかのように、城中で流行風邪に罹って登城をはばかる大番衆が続出し、続いて御先手組(おさきてぐみ)、新番衆(しんばんしゅ)からも、急な病養生(やまいようじょう)のため勤めを休む者が、次々と出始めた。

ほぼ同時に、外桜田(そとさくらだ)や番(ばん)町、四谷御門外を中心にした武家屋敷地に、流行風邪がたちまち広がっていった。

だがそれは、町家と同様、武家屋敷地に窃(ひそか)に蔓延(まんえん)していた流行風邪を、冒された者がただの夏風邪と高をくくり、表だたなかっただけであった。

流行風邪が、町家から武家地へと感染っていったのは間違いなかった。

　武家屋敷地でもようやく頭をもたげた流行風邪は、町家で猛(たけ)り狂(くる)ったよりも容(よう)赦(しゃ)なくその猛威を奮い、荒れ狂い、やがて幡(のぼり)をたて鐃鈸(にょうはち)を鳴らしつつ彼方此方の武家屋敷から出て斎場へ向かう葬列が、日に何件も見受けられるほどになった。

　江戸城の中之御廊下で倒れた大番衆の組頭は、意識の戻らぬままその三日後には帰らぬ人となった。

　盂蘭盆会(え)の十六日、表店の庇下(ひさしした)や裏店の路地の薄暗がりの中に、黄泉(よみ)の国へ誘う幻の道標(みちしるべ)のような送り火がゆれ漂(ただよ)う夕刻、宗秀が分担する会所地の仮小屋に、渋井鬼三次(しぶいきさじ)がつい近くを通りがかったという態(てい)で顔をのぞかせた。

　ひょろりと背の高い御用聞の助弥(すけや)も一緒である。

　渋井は、中背の痩(や)せて骨張ったいかり肩に着けた定服(じょうふく)の、黒羽織の裾(すそ)をゆらしつつ仮小屋の開けたままの戸口を気(け)だるげにくぐり、小屋の半畳ほどの前土間に雪駄(せった)を鳴らした。

　柳町と周辺四町では、先月下旬より猖獗を極めた夏風邪の収束する気配が兆(きざ)し始め、二十畳ほどの仮小屋には五人の病人がいるだけで、五人はばらばらに低い屋根裏に渡した梁からさげた蚊帳の中に横たわっていた。

病人が減って今は使われていない布団が、小屋の一角に積みあげられて、閉てた板戸を所どころ引き開けた間から射しこむ夕方の淡い日の名残りが、閑散とした小屋の奥に積んだ布団を、薄白い鼠色に染めていた。

宗秀と手伝いのおかみさんが、蚊帳の中に入って、ひとりの病人の枕元で具合を聞きとっていた。

宗秀と手伝いのおかみさんは、白い晒の端布で口と鼻を覆い、着物の袖を襷で絞っていて、痩せた手をひらひらさせぼそぼそと話しかける病人に耳を傾け、とき折り頷いたり訊きかえしたりしていた。

小屋の中に小さな咳は聞こえるものの、どれもさほど苦しげではなかった。

蚊帳の中に臥せっている五人と、宗秀と手伝いのおかみさんのほかに、人はいなかった。夕方の空を烏が鳴きわたっていく声が聞こえ、小屋の中は病人の収容場所とは思えないような穏やかな夕暮れどきにつつまれていた。

「旦那、ずい分のんびりしておりやすね。こんなもんなんですか。あっしは、もっと大勢の病人がごろごろして、うめき声やら咳やらがそこら中から聞こえてきて、看病する人手が足りずに、みなばたばたと慌ただしくいき交っているもんだとばかり思っておりやした」

後ろの助弥が、渋井の背中に言った。

「そうかい。おれも、もうちょっと病人の収容場所らしい、浅草溜の長屋みたいなところを思い描いていたんだが、だいぶ違うな。違ってあたり前か」

渋井は腕組みをした片方の手で顎を擦りながら、宗秀の方へ向いたまま、鼻筋が通り、青白いこけた頰といやに赤い唇を歪めた不愛想な顔に、無理矢理な感じの薄笑いを浮かべた。

宗秀は病人から顔をあげ、渋井と助弥が入ってきたのは気づいていたかのように、軽い会釈を見せた。手伝いのおかみさんが、町方の定服の黒羽織を認めて、宗秀の隣で丁寧な辞儀を寄こした。

おかみさんは宗秀の指示を受けて別の病人のほうへいき、宗秀は蚊帳を出て、土間の渋井と助弥のほうへきた。

口と鼻を覆った覆面の上の目が、ほのかになごんでいた。

「渋井の旦那、助弥、無沙汰だったな。今日は何かの役目できたのかい」

覆面の下のくぐもった声で言った。

「まあ、役目と言うほどでもねえんだ。ちょっとな、先生に会いたくてさ。本途は久しぶりに一杯と誘いたいところだが、大勢の町民が流行風邪にやられて寝こんでるこんなときに、町方が呑んだくれるのは、いくらなんでも不謹慎の誹りは免れめえ。今日はこいつはなしの野暮用さ」

渋井は杯を持ちあげる仕種をして見せた。

「いいさ。こっちも、茶の一杯もふる舞えぬのだ」

「先生、しばらくでやした。ずいぶんとお忙しそうで。先生の評判は、彼方此方で聞こえておりやす」

助弥が言い、「そうか」と、宗秀は評判などどうでもよさそうに頷いた。

「病人がずい分少ないんで驚きやしたが、看病にあたっているのは、先生とあちらのおかみさんの、二人だけなんでやすか」

「手伝いはほかにもいる。みな近所のおかみさんたちだ。それぞれ、家の用事もあるし、病人の夕餉の支度もあるので、今はみな家に戻ってそっちの用事にかかっている。用事が済んだら、今夜の当番のおかみさんたちが戻ってくる。ありがたいことに、ここのところ新しい病人が急に減り始めたのでな。二人だけでも手は足りているのだ」

「へえ、凄いな」

「奉行所で評判だぜ。少々尾鰭はついちゃいるものの、京橋の柳町には柳井宗秀と言う名医がいて、余所はどこも流行風邪騒ぎが当分収まりそうもねえのに、柳町と周辺の町家じゃあ、宗秀先生のお陰で流行風邪はすっかり収まって、住人はもう普段と変わらねえ暮らしをとり戻しているってな。柳井宗秀とはどんな医者だと、おれが先生と親しいもんだからいろいろ聞かれてさ。おれより大酒呑みだの、生国はおらんだだと、こっちも少々尾鰭をつけて言ってやったら、目を丸くしてたぜ」

「また馬鹿なことを……」

宗秀はこれもどうでもよさそうに、破顔した。

「この流行風邪に特効薬はない。誰も彼も胸をやられて、ばたばたと倒れていくのだ。蘭医でも漢方の薬師でも、医者のできることは変わらん。せいぜい、少しでも熱を下げ、咳の鎮まる薬を飲ませ、安静にさせて、あとは自分の力で病に打ち勝ち回復するのを祈ってやるぐらいだ」

宗秀が真顔になって言うと、助弥が訊きかえした。

「けど、先生、こちらの柳町界隈じゃあ、新たな病人が出なくなったって、どこでも驚いてやすぜ」

「すっかり収まったわけではない。やったことは、重篤な病人の風邪がそうでない者になるべく感染らないように、別々にしただけだ。ほかには手洗いをこまめにやらせて、それとこれかな……」

宗秀は小屋の隅に重ねた柳行李から、白い晒の端布を二つとり出した。

「これを二つに折り重ねて、口と鼻を覆って覆面にするのだ。看病のおかみさんたちは、みなこれをつけている。重篤ではない病人にも、家の者に感染さぬようこの覆面をつけて帰らせた。見た目は怪しいが、風邪を感染されたり感染したりが少しでも防ぐことができればと思ってな。これが案外に効き目があったのかな。だいぶ収まってきたとは言え、まだまだ油断がならん。旦那、助弥、さあつけろ」

二人に白い晒の端布を手わたした。

「そう言えば、ここへくる途中のお店者がつけてましたね」

助弥が言い、渋井が「こうかい」と口と鼻を覆うと、八文字眉の下のちぐはぐに吊りあがったひと重の目が怪しく光って、人相がいっそう悪くなった。

宗秀は、二人が覆面をつけるのを見守りつつ言った。

「それでいい。ところで、旦那の野暮用はなんだい」

「大した用じゃねえ。ちょいと外で話そう」

渋井と助弥が戸口の狭い土間を出て、宗秀が二人のあとに続いた。

仮小屋は、柳町と常盤町を隔てる裏通りに面した会所地に建てられていた。

通りに面したどの店も、日の名残りが次第に薄れていくこの刻限、早々と板戸を閉てて一日の商いを仕舞い、店の者が店頭で焙烙の器に焚く送り火が、通りに沿って点々と果敢なげにゆれていた。

仮小屋の戸口を出たところに、手伝いのおかみさんらが病人の看病の合間に夕涼みぐらいができるようにと縁台がおいてあり、渋井は縁台に腰かけ、

「先生も坐ってくれ」

と、宗秀を促した。

助弥は縁台には腰かけず、渋井の傍らに立って通りの彼方此方で焚く送り火を眺め、覆面の下で呟いた。

「ああ、盆も終りだ。綺麗だな」

「この夏は、町内で沢山の死人が出た。送り火の果敢なさが余計身に染む」

言いながら、宗秀は渋井の隣に腰かけた。

「先生、上から言われたんだ。先生に頼んでくれってさ」

渋井が言い出した。

「奉行所のお達しか。何かあったのかい」

「お達しというほどじゃあ、ねえんだが……」

と、少し言いづらそうに言葉を濁した。

渋井鬼三次は、北町奉行所定町廻りの同心である。浅草、本所深川の盛り場の貸元や顔利きらが、

「野郎の不景気面を見たら、闇の鬼も顔をしかめるぜ」

と言い出し、遊里に集る地廻りや賭場の博奕打ちらが《鬼しぶ》と陰で呼ぶようになって、いつしか、鬼しぶが渋井鬼三次の綽名になった。

一方で、同じ盛り場に巣食うやくざらの間には、鬼しぶは北町の腕利きの定廻りという評判も聞こえている。

六尺（約一八〇センチ）ほどのひょろりとした背丈の助弥は、十年以上も渋井の御用聞を務める、すなわち岡っ引である。

「先月、流行風邪の病人が柳町に次々と出始めて、病人が増え続け、町内だけでは急病人の数に対処がつかねえから、名主と町役人が、月番の南町奉行所に急病人救済の手を打ってほしいと訴え出たんだってな」

「ああ、あれか」

「南町の当番方は病人の数を調べて、どんな助けが要るのか、ちゃんと書面にして改めて願い出ろ。奉行所でそれを検討し、もっともな処置と明らかなれば、御奉行さまに報告し速やかに対処いたすと、呑気にこたえたってわけだ」

「そうだった」

「しかし、名主と町役人は、今このときも、病人が次々と運びこまれて死人まで出していて、書面を出して協議の行われている間にも運びこまれてくる急病人は急を要するのだから、奉行所の指図で、当面、臨時にでも増え続けている病人の収容場所を用意してもらいてえ、重篤な者をひとりでも多く救ってもらいてえと食いさがった。だが、当番方は、決まりがある、書面にして願いを出せ、どうしようどうしようとお上にばかり頼ろうとするなと、名主と町役人を追いかえした。南町の当番方は、事の重大さがわかっちゃいなかった」

　宗秀は裏通りに点々とゆれる送り火を眺め、ふむ、と頷いただけだった。

「たったひと月ばかりの間に流行風邪が江戸中を荒し廻って、手がつけられねえこの有様だ。もし先月の柳町の名主と町役人の訴えに南町がちゃんと耳を貸して、相応の手だてをとっていりゃあ、ここまでひどくはならなかったのに、流行風邪を野放しにしたのは南町の所為だ、町方が怠慢だったからだと、南町の評判ががた落ちしてさ。南町のとばっちりで、北町まで散々言われているのを、先生は聞いてるかい」

「知らなかった」

宗秀は、裏通りの送り火のゆらぎから、渋井へ目を戻した。

「知らねえのかい。先生らしいや。でだ、今月は北町奉行所が月番で、うちの榊原のおっさんが町家の評判をひどく気にかけて、南町のとばっちりで、無能だ役たたずのろくでなしだ、人でなしだと、責められずに済むにはどうしたらいいかと、頭を悩ませているってわけだ」

榊原のおっさんとは、北町奉行所の御奉行さまである。

「榊原のおっさんが、公用人や目安方の与力らに諮って、ここはやはり、初めに訴え出た柳町の名主と町役人に、流行風邪がなおも江戸中に猛威を奮っている今、改めてお助け願いの訴えを奉行所に出させるのがよろしかろう、ということになった。そこで先だって、窮民救済にあたる町会所掛の同心が、名主にその旨を伝えにいったところが、名主の返事は、この界隈は流行風邪がだいぶ収まっており、余所の困っている町家を優先するべきではないかと宗秀先生が仰っておられますのでと、お助け願いの訴えは必要ないから出さねえときた」

「その話は聞いている。名主にどうしますかと訊かれてそうこたえた」

「それじゃあ困るんだ。お助け願いの訴えを奉行所に出すようにと、先生のほうから名主と町役人に言ってくれねえか。先生が言えば、早速そのように、ということになるだろう」

「今も多くの町民が流行風邪にやられて、死人も出している。病人を放っておいてよいはずがない。お助け願いの訴えがなくとも、奉行所が事情を考慮して手だてを講ずるべきではないか」

「それはそうなんだが、そうなるとだ。最初に書面にして願いを出せと名主と町役人の訴えを退けた南町の対応が、間違いだったと認めることになるだろう。それでは南町のみならず、南北両町奉行所の体面によろしくないのさ」

「死人を出しても、奉行所の体面が大事か」

「ご説ごもっとも、然に候さ。なんとでも言ってくれ」

渋井のしぶ面が、覆面に隠れてよく見えなかった。

宗秀は何も言わず、日の暮れかかった裏通りに目を投げた。店頭でゆれていた送り火が、もうわずかになっていた。送り火を焚いていた店の者らが家の中に消え、裏通りはいっそう静かに、寂しくなった。

宵の空に星が瞬いていた。

「旦那、良一郎はどうなった」

宗秀が訊いた。

「ふむ。この七月から見習いで出仕を始めた」

「十年ぶりに、倅が戻ってきたのだな。どういう気分だ」

「できの悪い倅が戻ってきたから、できの悪い親父の悩みの種がひとつ増えた。それだけさ」

「お藤さんと文八郎さんは、よく承知したな」

「お藤は絶対嫌だと承知しなかった。けど、文八郎さんが、良一郎の望むようにしてやろうと、お藤を説得してくれたお陰さ。お藤が泣く泣く折れて、どうにか、こういう形で収まりがついた」

「よいようにと願う人の心が、そうさせたのだな」

「ああ、よいようにと願う人の心がな……」

宵の暗がりにつつまれた裏通りを見やって、渋井はぽつりと繰りかえした。

第一章　上弦の月

一

三十間堀沿いに大富町をいき、伊予吉田藩伊達家と近江膳所藩本多家の表門が向き合う往来へ抜けて、次に築地川に架かる合引橋を渡った。

右手が紺色の川面が静かな築地川で、川沿いに枝垂れ柳が枝葉を垂らす土手道をいくと、武家屋敷地の土塀をつらねる左手前方に、西本願寺の堂塔が屋敷内の鬱蒼と繁る樹林や甍屋根の彼方に見え隠れした。

土手道から左に分かれ、さらに往来を右と左へ二度曲がって、武士はその屋敷の門前に立った。

長屋門の屋根庇の上に欅が繁って、秋の雲がゆっくりと流れる冴え冴えとした青空が広がっていた。

おおし、おおし、おおし……

つくつくぼうしの物悲しげな声が屋敷内の木々に聞こえ、門前に立った武士に秋の訪れを告げていた。

門前の往来に人通りはなく、蝉の声がかえってあたりの静寂を感じさせた。

武士は、白絣の上着と青竹色の小倉の細袴が長身に似合っていたが、腰の黒鞘の両刀が、いささか重たげに見える痩身だった。かぶった菅笠が濃い影で顔を隠し、目鼻だちは見えなかった。ただ、影の下にわずかに骨張った白い顎と長い首筋がのぞき、そして、案外に広い肩幅を涼しげな白絣の下に隠していた。

「門番はおいておらぬので、案内を乞う必要はない。わき門から入れば、低い木立ちの間を通って敷石が玄関まで続いておるから、玄関先で案内を乞えばよい。老僕と若党がおるので、どちらかが出てくるだろう」

武士は、京橋柳町の蘭医・柳井宗秀にそう教えられていた。

白絣の身形を念のため確かめ、長身の腰を折ってわき門をくぐった。教えられた通り、門から塀際に欅や榧、黒松の木々が繁り、まさきの灌木が家禄千五百石の旗本・笹山家の主屋を隠していた。

まさきの間を通って切妻屋根の主屋の玄関まで、敷石が延びていた。殺風景ではなく、と言って質実というのでもなく、飾り気のない素っ気なさが邸内に感じられた。

つくつくぼうしが鳴き、午前の日が樹林に降りそそいでいる。

武士は、庇下の玄関式台の前にきた。式台上に、舞良戸が両引きに開かれたほの暗い玄関の間があって、黒松の衝立が鈍い光を放っていた。

菅笠を脱ぎ、張りのある声を玄関の間の奥へ投げた。

「お頼み申します」

もう一度繰りかえし、それから、

「公儀御旗本・笹山卯平さまのお屋敷と存じあげ、お訪ねいたしました」

と、張りのある声を続けた。

沈黙がかえってきた。

しかし、ほの暗さの奥に人の兆しがあり、かすかに沈黙を乱している。廊下に摺足を運ぶ音が、次第に近づいてくるのがわかった。

やがて、衝立の陰から、納戸色の着物に太縞の袴を着けた小柄な若侍が、ふらりと現れた。

若侍は玄関の間に尻をつけるように着座し、顎が尖って平べったい顔を玄関先の武士へ向け、ぎこちなく言った。

「おいでなされませ。ご姓名とご用件をおうかがいいたします」

「畏れ入ります。唐木市兵衛と申します」

市兵衛は名乗った。

「京橋柳町の柳井宗秀先生よりお口添えをいただき、笹山卯平さまをお訪ねいたしました。ただ今、笹山卯平さまが流行風邪のため臥せっておられますのは、うかがっております。ならばこそ、笹山卯平さまがたってとご意向を柳井宗秀先生に伝えられ、先生のご依頼をわたくしがお請けいたした次第です。何とぞ、笹山卯平さまにお取次を願います」

「さようでございますか。して、唐木市兵衛さまはどちらのご家中に、いかなるお役目にてお仕えでございましょうか」

「仕えております主家はございません。浪々の身でございます」

ええ？　浪人か、いいのかな……

若侍が間延びした小声で呟（つぶや）いた。そして、少々訝（いぶか）しそうに庇下の市兵衛の総髪（そうはつ）に髷（まげ）を結った頭から白足袋（たび）に草履（ぞうり）を履（は）いた足下までをねめ廻（まわ）した。

広い額（ひたい）の下に、細くて眉尻（まゆじり）のさがった濃い眉と、いく分目尻の吊（つ）りあがった二重（ふたえ）の眼差（まなざ）しを、若侍にそそいでいる。やや中高に通った鼻筋とやわらかく結んだ唇や少し張った顎など、素性の知れぬ浪人者にしては顔だちはなかなか整っていた。

色白で背が高く痩（や）せている所為（せい）で、見た目は頼りなさそうでも、質素ながら着物は清潔そうだし、これならいいか。

と、若侍はまた呟いた。

「唐木市兵衛さまは、京橋の柳井宗秀先生のお口添えにより、旦那さまに面談を申し入れてこられたのでございますね。確かに、旦那さまはただ今病（やまい）にて臥せっておられ、柳井宗秀先生の診察を受けておられます。柳井宗秀先生は、ご一緒ではございませんか。唐木さまおひとりなのでございますか」

「わたくしひとりです。江戸市中において未（いま）だ流行風邪は収束しておらず、柳井宗秀先生は病人の診療にあたらねばなりません。先生より、ひとりでおうかがいいたせば笹山卯平さまが承知しておられるゆえと、聞いております」

「さようでございますか。では、旦那さまにうかがって参りますゆえ、今しばらくお待ちいただきます」

と、少々まどろっこしい対応になった。

若侍が、笹山卯平の寝所と思われる間仕切の襖の前に端座し、襖ごしに言った。

「唐木市兵衛さまをご案内いたしました」

「お入りいただきなさい」

こもった声がかえってきて、若侍は襖を引き開けた。

十畳の部屋の、間仕切からへだたった違い棚のある奥のほうに、笹山卯平と思われる年配の病人が、白髪混じりの頭を臙脂色の天鵞絨の括り枕に乗せて、こちら向きに横たわっていた。

色が透けたように白い顔の口と鼻を、晒の端布で覆っていた。

「お刀をお預かりいたします」

と、若侍が市兵衛の大刀を預かった。

市兵衛は次の間から寝所へにじり入り、畳に手をついて平伏した。そして、

「京橋柳町の柳井宗秀先生より、笹山卯平さまをお訪ねいたすようにとのお口添えを請け、参上いたしました。唐木市兵衛と申します」

と辞儀を述べた。

ううん、と覆面の下でかえした卯平の言葉は聞きとれなかった。

卯平の枕元近くに老侍が着座していた。老侍は痩せた背中を丸め、真っ白な髷を結い、これも晒の端布で口と鼻を覆っていた。

間仕切のそばの市兵衛へ膝を向け、覆面の下の聞きとりにくい声で言った。

「唐木市兵衛どの、ようこそおいでなされました。どうぞ、手をあげてくだされ。それがしは、当家にお仕えいたしております長井染右衛門と申します。生憎、旦那さまがかようなご病状ゆえ、本日は介添役として、それがしも同座させていただきます。流行風邪が感染らぬようにと、宗秀先生のご指示によりこのような姿でご無礼仕りますが、よしなにお願い申しあげます」

「唐木市兵衛でございます。こちらこそよろしくお願いいたします」

市兵衛は手をついたまま染右衛門へ礼をし、やおら、身体を起こした。

十畳の寝所は東側と北側が庭に面し、東側の四枚の腰付障子が引き開けられ、濡れ縁に射す午前の日が、軒の影をくっきりと落としていた。

庭の土塀際には、小楢の木々が土塀より高く、午前の青空の下に繁っていた。

庭は南側から北側へ続いていて、綺麗に掃き清められているが、生垣の仕切や花を植えるなどの人の目を楽しませる彩はない。おそらくは夜分の用心に、数灯の石燈籠がおかれているのみであった。

ただ、土塀より高く繁る小楢の樹間に、西本願寺の堂塔の反り屋根が望めた。寝所の北側は一間（約一・八メートル）幅に引違いの腰付障子が閉ててあり、小襖の納戸と壁ぎわに違い棚がしつらえてある。

違い棚の直口形の花立に、山紫陽花の可憐な紫の小枝がひと枝挿してあった。笹山卯平は庭のほうを下手に、違い棚の山紫陽花に背を向け横たわっていた。

重そうに垂れた瞼を半眼に開き、力ない眼差しを、間仕切を背に端座した市兵衛へ凝っとそそいでいる。

卯平の枕上には膳がおかれ、高価そうな信楽焼の急須と湯呑、茶筒、薬入れと思われる朱の塗物の小箱が並んでいる。庭の小楢の葉陰に隠れて、ここでもつくつくぼうしが、おおし、おおし、と物悲しげに鳴いていた。

そのとき、卯平が覆面の下で咳こみ始めた。半眼を苦しそうに閉じて、かすれた弱々しい咳を繰りかえした。

「お背中をお擦りいたしますか」

染右衛門が卯平のそばへにじり寄って、小声をかけた。卯平は咳こみながら首を小さく横にふった。

染右衛門は卯平のそばから戻り、市兵衛に言った。

「唐木どのは、口と鼻を覆う端布はお持ちではございませんか。お持ちでなければこちらで用意いたしておりますが」

「柳井先生に、おうかがいするときは持っていくようにと、口と鼻を覆う端布をいただいております」

「さようですか。ではそれをおつけください。当家をお訪ねの方には、どなたであれ必ずそうしていただくようにと、柳井先生のご指示でございます」

市兵衛は懐より晒の端布を出し、口と鼻を覆って後ろで結わえた。

弱々しい咳が収まり、卯平は喘ぐ息を整えた。そして、また半眼になって市兵衛が覆面をつけ終えるのを見守り、皺だらけの萎れた手先を布団から出して、そばに寄れ、というふうに手招きした。

市兵衛は、枕元の一間ほどのところまで膝を進めた。

しかし、卯平はなおも、もっと寄れ、と手招きを止めなかった。

「旦那さま、あまり近づきすぎるのはお控えなされませ」

染右衛門が止めたが、かまわん、と眉間をしかめて苦しげに言い、もっと近くにと市兵衛を半間（約九〇センチ）余までこさせた。

卯平は白目の目だつ半眼で市兵衛を見あげ、確かめた。

「そこで、わしの声は、充分に聞こえるか」

「聞こえます」

「ならばよい。宗秀の言うておったとおり、なかなかよき風采だ。この見た目ならよかろう。唐木は、臨時で武家の用人奉公を請けておると、宗秀から聞いた。台所勘定ができるとな」

「主に武家の、勝手向きのたて直しに雇われております」

「知っておる。元は商家の手代奉公をしておった町民どもが、算盤ができるのを見こまれて、武家の台所勘定を任される渡り用人だな。奉公している間は、二本差しが許され、町民が武士を真似る……」

「台所勘定のやり繰り、並びに出入りの商人との折衝などを引き受けております」

卯平が半眼を閉じて苦しそうにうなったが、すぐに目を開けて続けた。

「算盤は上方の商家に数年寄寓し、習得したそうだな。二本差しの武士が、刀をはずして商いの修業もしたのか」

「はい。宗秀先生は長崎にて医業を学ばれ、大坂の蘭医の下で見習いの医師をしておられました。そのころに、大坂にて偶然、宗秀先生と知り合う機会がございました。それ以来にて」

「そうなのか。宗秀は詳しいことは言わぬ。唐木の素性もだ。ただ、由緒ある一門の生まれだが、考えるところがあって自ら一門を出て、唐木と名乗った。その謂れは本人しか知らぬそうだな。宗秀は、唐木市兵衛は高い志を持ち、交わした約束を守り、請けた仕事を誠実に果たす性根の据わった武士であり、おのれをわきまえ、義に厚く、剣術の腕は尋常ではないと、唐木市兵衛について請け合えるのはそれだけだと、妙にひねくれた褒め方をした。ふん。それほどの優れた武士が、何ゆえ渡り用人などをしておるのだと勘繰りたくもなるが、今のわしには、唐木の素性や由緒ある一門を出たわけなど、どうでもよい」

　卯平はまた弱々しく咳こみ、眉間の皺を深めて、胸の痛みを耐えるしばしの間をおいた。それから、呼吸を喘がせつつ途ぎれ途ぎれに言った。

「唐木、わしにはもう、あまりときが残っておらぬ。まことに、無念だ。この流行風邪には敵(かな)わぬ。胸をやられて、満足に息ができぬ。仕方がない。自分のことは、自分が一番よくわかっておる。これが定めだとな」

「旦那さま、そのようなことはございません。気を確かにお持ちなされませ」

染右衛門が口を挟んだ。

「染右衛門、おぬしはわしより十も年寄のくせに、流行風邪にも罹(かか)らず、わしより健(すこ)やかだな。どういうことだ。先に逝(い)くなら、おぬしだろう」

「それは、天の定め。それがしの与(あずか)り知らぬことでございます。この世は諸行(しょぎょう)無常(むじょう)にて、人は誰しも、朝(あした)に紅顔(こうがん)あって夕べに白骨(はっこつ)となる身でございますから」

「知ったふうに言いおって。まあ、よい。ああ、苦しい。唐木、宗秀は優れた医者だ。医者としてだけでなく、人として信頼に足る。あの男こそ、まことの医者だ。その宗秀が、唐木市兵衛だと言った。わしの頼みを引き受けられるのは、唐木市兵衛しか思いあたる者はいないとな。宗秀が言うのだから、おぬしを信ずるしかあるまい。そこで唐木、おぬしを雇うことにする。給金は三両二分の……」

「あいや、しばらく」

市兵衛は、途ぎれ途ぎれに言いかける卯平を止めた。

ああ？

と、卯平は宙に漂わせたしかめ面を市兵衛に向けなおした。

染右衛門も首をかしげるようにして、市兵衛を見守った。

「お雇いいただく前に、お訊ねいたします。わたくしは当お屋敷にて、いかなる務めを申しつかるのでございますか」

「宗秀から、聞いてはおらぬのか」

「宗秀先生は、笹山卯平さまが算盤勘定のできる者を求めておられる、務めの子細を承知しているのではないので、直に笹山卯平さまにお会いいたして訊ね、請けるか請けぬかは自分で決めるのだと、申されました」

「それだけか。宗秀め、体よく言い抜けおったな」

言った途端、卯平は前よりも激しく咳こんだ。覆面の上から皺だらけの手で口を覆い、止まらない咳を苦しそうに耐えた。染右衛門が卯平の枕元へにじり、

「旦那さま、ほどほどになされては……」

と、布団に枯れ枝のような手を差し入れ、卯平の背中を擦った。

庭の小楢で、つくつくぼうしが懸命に鳴いている。

二

市兵衛は宗秀から聞いていた。

「笹山卯平は千五百石の旗本でありながら、裏で金貸をやっておる。たぶん、務めは貸した金のとりたてだろう。あまり勧められる仕事とは思えぬゆえ、市兵衛に持ちかけるのは気が引けるがな。笹山卯平は、流行風邪に罹って胸をやられてひどく弱っておるのに、貸した金のことばかり気にかけて、このままでは死にきれんと嘆いてな。算盤ができて信頼のおける人物を探している、誰か知らぬかと今にも死にそうな涙声で聞かれて、つい哀れを覚えた。それなら市兵衛だなと思い、つい口に出したら、どうしても会わせろと拝むように頼むのだ。断れなかった。済まん。だから、笹山卯平に、会うだけ会ってくれぬか。頼みを請けるか請けぬかは、市兵衛の勝手にしてくれていい」

それから、

「必ず口と鼻を晒で覆い、あまりそばには近づかぬようにな」

とも言われていた。

卯平の咳がようやく収まり、ぜえ、ぜえ、と喉を鳴らしながら呼吸を整えた。

「よろしゅうございますか」

染右衛門が卯平から離れた。

「唐木、わが笹山家は家禄千五百石の旗本だが、親父どのがわしの幼少のときに病で身罷り、幼少の身では親父どのの徒頭の役目を継げぬため、わしは幼少小普請の小普請入りとなった」

卯平は、呼気を喘がせつつまた言い始めた。

「笹山家は御小姓衆や御納戸衆、後ろ盾さえあれば、町奉行や勘定奉行にも就くことのできる家柄だ。しかし、廻り合わせが悪く、わしは御番入りができなかった。非役のまま年老いた。縮尻小普請ではないし、内職に明け暮れる貧乏小普請とも違う。別にかまわぬ、と思っていた。子はすでに嫁がせた娘が二人に、まだ嫁ももらわぬ倅がひとりだ。わしは、再来年には六十歳の老年小普請になる。六十半ばごろまで倅に家督を譲らず、老年小普請でと思っていたのだが、この流行風邪にやられた。もう長くはない。倅に家督を譲らねばならぬ。六十歳以上の小普請は小普請金が免除されるのに、惜しいことをした」

「旦那さま、よろしいではございませんか。跡継ぎの六平さまがおられますのに、いつまでも家督をお譲りにならないのでは、笹山家の世間体を悪くいたします。それに、六平さまの家督を継がれるのが遅れれば遅れるほど、御番入りも遅れることになります。奥方さまがお気にかけておられました」

「わかっておる、染右衛門。だからそうすると、言うておるではないか」

　卯平は半眼を市兵衛からそらさず、よどんだ声で言った。

「つとめる、と言うてな。小普請が御番入りするには、毎月の逢対日に小普請支配を訪ね、云々のお役目にと志願するのだ。支配は差し含んでおくとこたえ、それを幕府に上申して、めでたく御番入りになる。だが、そんなことはごく稀だ。ないも同然だ。強い後ろ盾や有力者の口添えでもあれば、別だがな。わしも、若いころは御番入りをするため、彼方此方走り廻り進物をしたり、少しは勉強もした。御番入りはもう無理だと気づいたのは、三十代の半ばをすぎ、四十の声が聞こえてきたころだ。結局は、何もかもが馬鹿ばかしく空しかった。そのころから、内職をしなければ暮らしがたたない貧乏小普請に、わずかな利息をとって金貸を始めた。これでも初めは、貧乏な小普請相手に、人助けのつもりだった。だんだんと貸付先が広がり、貸付額も大きくなった。今では、貸付先に相当の武家もいる。みな、体面があり、あるいは家人にも知られたくない事情があって、こっそり借りにくるし、こっちもこっそり貸してやる。公儀直参旗本が、金貸をやって利息を得ておる、不届きなどと妙な噂がたっては、旗本の体面にかかわるし、小普請組の頭に問い質されて処罰を受けかねん」

卯平は話し疲れて、ゆっくりと呼吸した。呼吸のたびに、音の出ない笛を吹くように喉が鳴った。

染右衛門が気遣った。

「旦那さま、少しお休みになられては」

「大丈夫だ。気分はよいくらいだ。唐木、わしの貸付相手は旗本御家人ゆえ、春夏冬の御借米御切米の三季に準ずる縛りにして、十両以下の利息は一季につき二分に決めておる。年利にすれば一割五分（一五パーセント）になる。寛政の御改革で札差は年利六分以下と決められたが、わしは札差ではないし、少し儲けねばやっておれぬゆえ、町家の金貸が通例行っておる、年利一割五分以上で貸付けておる。しかし、利息の天引き、すなわち天利はいたし方ないとしても、妙な名目金は一切ない。唐木、わしは蔵前の札差のような阿漕な金貸ではない。札差は三季蔵米ごとに、蔵米取扱いの手数料をとり、さらに借金をかえせない相手の証書を新しく書き替え、新たな天利をとり、筆墨料のほかに礼金とかの名目金までとる。どうせ、暮らし負けをしておる旗本御家人は、札差に借金を抱えるだけでは済まず、だいたいが町家の高利貸にまで手を出して、返済が追いつかず、厳しいとりたてを受けて世間に恥を曝し、武士の面目を失い、挙句に、女房や娘が遊里に身を売る破目に陥る。そういう場合もあると聞いておるが、わしの貸付相手にそういう者はおらん。たぶん、おらんと思う」

市兵衛は黙然として、卯平の半眼を受けている。

「金が借りられると人伝に聞きつけ、町家の高利貸に手を出すよりはわしに借りたほうがましだと、武士は相身互ゆえ何とぞ内分にと言いつつ、借りにくる旗本御家人が増えた。そういう時勢なのだ。人助けで始めたつもりの金貸が、やめられなくなった。双方、表沙汰にはせぬようにこそこそと続いて、なんと、かれこれ二十年になるから不思議なものだ。さして厳しいとりたてもせぬのにそれなりに儲けも出て、これならいっそ、非役の空しい旗本の身分など捨てて、金貸業を専らにしたほうが面白いのではないか思うくらいだ」

「何を仰います。そのようなことが奥方さまのお耳に入れば、いかばかりお嘆きになられますことか」

染右衛門が慌てて言った。

「冗談だ。一々真に受けるな。疲れる」

卯平は煩わしそうにかえし、呼気を整える間をおいた。

「これまでは、わしひとりで細々と続けて、誰にもやらせなかった。貸す方も借りる方も表沙汰にならぬよう、用心のためもある。だが、この流行風邪に罹っては、わしはもうだめだ。胸をやられて、熱も下がらん。宗秀め、口には出さぬが、内心では匙を投げておる。よって、唐木、おぬしを雇うことに決めた」

「つまり、貸付けた金のとりたてをやれと」

「そうだ。蔵米の三季縛りの夏が期限のとりたてが、済んでおらん。それを済ませてもらいたい。毎年、夏のとりたては盂蘭盆が終ったあとの十日ほどで済ませるが、下旬をすぎてからこの通り、流行風邪のために寝こんでしまい、とりたてができず、滞ったままだ。仕方なく、病が癒えたのちにと高をくくっておったところが、風邪は日に日に悪くなる一方だ。今では、厠へ立つのも染右衛門の手助けが要る。八月になってはたと気づいた。もはやこれまで、わしはこの流行風邪で寿命がつきるのだとな。この界隈でも、彼方此方の屋敷で流行風邪にやられた年寄の葬式を出しておる。わしの番が近い。そう思えてならん」

「旦那さま、おやめください」

卯平は、染右衛門が止めるのも相手にせず続けた。

「染右衛門にはわからん。言わねばならんのだ。唐木、給金は……」

また言いかけたとき、市兵衛が卯平をさえぎった。

「その役目は、見知らぬわたくしがいきなりとりたてに訪ねても、不審や不快を覚えられるのではありませんか」

「それは大丈夫だ。唐木ひとりにいかせるのではない。倅の六平をわしの名代にたてる。おぬしは倅の助役でいくのだ」

「ご子息の六平さまがいかれるのであれば、助役は長井さまが務められるのが、よろしいのではございませんか」

染右衛門は思いも寄らぬからか、え？　という目つきを市兵衛に寄こした。

「おぬし、とりたてを甘く見ておるな。とりたては、誰もが約束の縛り通りに耳をそろえて返金するなら、容易い仕事だ。不機嫌になっても、返金するだけまだましだ。泣き言を並べたて、十日待ってくれ、来月は必ず、もう一季先延ばしにしてくれ、などと渋る者が多い。それを、半額でもとか、いくらかでもとか説得し、即座に残った借金はいくらで、天利はいくらと、金勘定ができる者でないと務まらんのだ。恥ずかしながら、倅は金勘定に疎い。誰に似たのか、わしには似ずにできが悪い。まことに残念だ。ましてや、染右衛門に金勘定ができると思うか。この爺さんにできる勘定は、両手の指の数の十までだ」

　すると、染右衛門は唇をへの字に結んで、知らぬ顔をして見せた。

「ですが……」

「なんだ。浮かぬ顔をしておるな。借金のとりたて役は、気が進まぬのか。哀れな貧しき者を、苦しめるのは嫌か。ふん、やはり宗秀が推すだけのことはある。宗秀も、そういう男だからな。あの男は、診療所にくる貧しい病人からは、薬料は払えるだけでよいと言いながら、わしからは法外な薬料を平気でとりたてる。所詮、偽善ではないか。唐木もあの偽善者と、同類と言うのだな」

「偽善で、よろしいではありませんか。宗秀先生は、生涯、偽善を続けられるおつもりなのです」

「埒もない小理屈だ。よいわ。偽善者であっても、わしは宗秀が嫌いではない。宗秀が優れた医者であることに、変わりはない。唐木も、宗秀と同じく、偽善を続けるつもりなのだろう。ならば、病に倒れて死にゆく老いぼれを哀れんで、老いぼれの頼みを請けて働くのは、筋が通っておるではないか」

　卯平は埒もない小理屈をかえした。

「唐木、倅に会わせる。できは悪くとも、わしの跡を継ぐ男だ。染右衛門、六平を呼べ。唐木どのに挨拶をするように、伝えよ」

ははあ、と染右衛門はのそりと立ちあがり、寝所を濡れ縁のほうへ出て、六平を呼びにいった。寝所から離れた屋敷のどこかで、染右衛門と使用人の遣りとりが聞こえた。倅の六平を探している遣りとりである。

卯平は身体を震わせて咳こみ、咳が収まると、弱い息を吐くたびにかすかなうめき声を引き摺った。そして、

「倅は名代にしかならぬゆえ、金勘定は唐木がやるのだ。おぬしの裁量に任せる。期限は、わしが生きておるまでだ。わしの目の黒いうちに、この夏縛りのとりたては斯く斯く云々となったと、わしを安心させてくれ。給金は三両二分払う」

と、かすれ声で言った。

「たった三両二分か、と思っておるな。わしならそう思う。ひとり、大口の貸付相手がおる。一昨年の夏に貸付けたのが、三季蔵米縛りの一季ごとに証文を書き替えて返金を繰り延べ、ほぼ二年で貸付額が百両近くなった相手だ」

「百両？　それは両替商の大名貸並みです」

「返金を繰り延べにするごとに証文を書き替え、天利はとっておる。だが、繰り延べごとに、逆に新たな貸付の増額を求められて額が増えた。拙いとは思いつつ、相手が相手だけに、まあよいかと気を許した。最初は、よい貸付相手とすら思っていたからだ」

「では、大名並みの大家なのですね」

「同じ無役ながら、五千石の寄合席だ。百両？　とはたと気づいて、いくら五千石でも大丈夫かと気になってならぬ。あの男、小普請の旗本が金貸で利息を稼ぐなど、大っぴらにはできぬだろうと足下を見て、かえす気はないのかもしれん」

　寄合席とは、家禄三千石以上の無役の旗本を言う。

　市兵衛は寄合の名を訊ねなかった。深入りするのをためらった。しかし、卯平は市兵衛のためらいを見透かしたように続けた。

「溜池から江戸見坂をくだった虎之御門外の、広川助右衛門と言うのだが、唐木は知っておるか」

「いえ。存じません」

「五千石の旗本と言うても、わしから言わせれば、まだ二十九歳の若蔵だ。助右衛門め、えらそうにしおって。唐木、助右衛門からとりたてができたなら、報奨金を出すぞ。今、一両が銭で五千五百文余の相場だ。両替商の両替の打銭は小判一両につき十文余だ。わしは両替商の打銭の五倍以上の、一両につき一分の五十五文を出してやる。貸付は百両にはまだ足らぬが、百両ということにして、銭五貫五百文の報奨金になる。三両二分と合わせれば、悪い額ではなかろう」

はあ、と市兵衛は曖昧にこたえた。

お請けいたします、とはまだ言っていない。

「ううむ、胸が苦しい。六平め、何をしておる。ぐずぐずしおって」

卯平が布団の中で苦しそうに身をくねらせ、目を瞑って言った。それからすぐに半眼に開き、市兵衛を見あげた。

「百両に近い大口だぞ。元々は、わが笹山家の百両なのだ。できの悪い倅であっても、わが倅は倅。百両もの貸付金を倅に残しては死ねぬ。百両のとりたてを済まさねば、心残りで死んでも死にきれん。唐木、ほかのとりたては、あと廻しでよい。頼む、この通りだ。広川助右衛門から百両をとり戻してくれ。老い先短いわしを哀れんで、安心して逝けるようにしてくれ」

卯平は布団から出した両の掌を合せ、拝む身ぶりをした。

そのとき、庭側の廊下をどすんどすんと踏んで、晒の覆面で口と鼻を覆った倅と染右衛門が寝所の濡れ縁に現れ、明るい庭を背に着座した。

倅は、でっぷりと太った小山のような大柄だった。浅葱に菊菱小紋の小袖と、鉄色に千鳥文を散らし模様にした妙に派手派手しい袴を着け、角帯と袴の結び目が丸い大きな腹の下に隠れ、帯びた小刀の柄頭だけが腹の下から出ている。

覆面の上に頬の肉が盛りあがり、細い目が盛りあがった肉とひと重の瞼に挟まれて、笑っているようにいっそう細くなっていた。

「父上、六平です。お呼びにより参りました。ご用でしょうか」

「遅かったな、六平。用があるから呼ぶのだ。呼んだらすぐに参れ。そばにこい。そこにいては話もできん」

卯平がくぐもった声で、不機嫌そうに言うと、六平は分厚い両肩の間に首を埋め、身を縮めた。

「さ、若旦那さま、お入りなされませ」

隣の枯れ木のように痩せた染右衛門が、太った六平の背中を押して促した。

六平は寝所の畳を撓らせ、市兵衛から離れた布団の足下のほうに着座した。そして笑っているような細い目を市兵衛へ、ちら、と寄こし、決まり悪げに会釈をした。

「奥方さまの居室に、おられましたもので」

　枕元に戻った染右衛門が、小声で卯平に告げた。

「なんだ。六平はまた奥にいたのか。いつまでも母上母上と、二十七にもなって不甲斐ない。妻を娶り、子の二、三人がいてもおかしくない年ごろぞ。そんなことでは、公儀直参旗本・笹山家を継ぐ武士の面目を施せまい」

「流行風邪を感染してはいかんので、寝所には、用があるとき以外はきてはならんと、父上がお命じになられたではありませんか」

　六平が言うたびに、哂の覆面が口の形に引っこんだりふくれたりした。

「そうは言うても、おまえは笹山家を継ぐ跡とりだ。暇さえあれば母の居室へいき、埒もない戯言に耽ってときを徒にすごし、そのようにぶくぶくと太って、それで天下の旗本の一門を継げるのか。母のところへいってだらだらする暇があるなら、少しは剣術の稽古をしたらどうだ。御番入りのための準備はしておるのか。先日の逢対日に、支配の村上さまはなんと言われた」

　逢対日とは、無役の小普請が組頭や支配を訪ね、幕府の御番入りを願い入れる毎月決められた日のことである。それを《つとめる》と言った。

「それはもう、何度も申したではありませんか。差し含んでおくと、いつもと同じですよ。わたしは御番入りは無理だ。そんな気がします。父上だってできなかったんですから、わたしなんか……」

「馬鹿者っ」

卯平は布団を震わせて、怒鳴りつけた。無理に大きな声を出したため、急に咳こんだ。染右衛門は卯平のそば近くへにじり寄り、

「そこまでになされませ。お身体に障ります」

と、また布団に手を入れて卯平の背中を擦った。

ようやく咳が収まると、卯平は喘ぎつつ言った。

「六平、この方は唐木市兵衛どのだ。今日より、おまえの助役を務めてもらう。申しつけた通り、おまえはわしの名代として、この夏縛りのとりたてを済ますのだ。金勘定は唐木どのにお任せしてよい。よいか、貸した金を必ずとりたてよ。貸した金は元々、代々続く天下の旗本・笹山家の金だ。貸した金をとり戻すだけだ。利息は貸した金が働いた報酬にすぎない。当然の報酬を受けとるのだから、何もおかしくはない。とりたてに負い目を覚える謂れもない。相手次第で、上手に出たり下手に出て宥めたり賺したりして、その場その場で機転を利かせよ。笑顔を絶やさず、情けはかけるな。ただし、相手は客なのだ。証文を書き替えると

きは、蔵前の札差は礼金をとりますが、わがほうは筆墨料以外の礼金はいただきませんと言って、客を得した気分にさせてやれ。それから、天利を忘れるな。まあ、それらの金勘定は一々、唐木どののお指図に従え。唐木どのにご挨拶いたせ」

六平は畳を擦って市兵衛へ膝を向け、肥満した上体を窮屈そうに畳(たた)んだ。指にも毛の生えた手をつき、頭(こうべ)を垂れた。月代(さかやき)を剃(そ)った頭部にも狭い額にも、汗をかいている。着物の下は、もっと汗をかいているのだろう。

「笹山六平でございます。不束者(ふつつかもの)でございますが、よろしく、お指図をお願い申しあげます」

童子のようにたどたどしく言った。

「唐木市兵衛でございます。こちらこそ、よろしくお願いいたします」

市兵衛は手をつき、六平に言った。卯平には請けるとは言っていなかったが、もう請けるしかなかった。

おおし、おおし、おおし、つくつくつく……

庭の小楢の木陰で、つくつくぼうしが物悲しげに鳴いているのか、それとも笑っているのか。

三

同じ日の午の刻（午前一一時～午後一時頃）、呉服橋御門内の北町奉行所の昼どきである。

はや八月になって、明番の北町奉行所の表長屋門は閉じているため、所内にはわきの小門をくぐって入る。

門内庇下の左手に腰掛があり、右手には同心が常時詰めている番所がある。

番所から続く長屋に、同心詰所の大部屋、勝手、下番部屋、宿直の同心や当番方の同心らが休息や仮眠をとる大部屋が続き、この大部屋には、玄関や内塀の囲う庭と土蔵がある。

昼どき、その大部屋は、役格下位や本勤、見習からやっと本勤並になった同心らが、同じ組や同じ掛の者らと思い思いに寄り合い、弁当を開く場になる。

同心らの昼飯の茶などの世話は、下番部屋の下番が務める。

本勤並より下、すなわち、見習と無足見習のまだ同心ではない若衆や少年らは、同心詰所隣の溜の間で、同心が昼飯を終えて詰所に戻ってくるまでに、大急ぎで弁当を済まさなければならなかった。むろん、茶は自分らで支度する。

町方与力も町方同心も、幕府の御抱席（おかかえせき）の家臣で、一代限りの身分である。

本人が亡くなれば一代抱は終るが、実状は倅が十三、四歳ごろから与力見習、あるいは同心見習で奉行所に出仕し、見習修業の下働きをへて、親が亡くなったり隠居をしたりすると、番代わりして新規採用となった。

事実上は世襲（せしゅう）である。

同心見習の下に無足見習がいる。無足見習は無給で、無足見習をへて見習になれば、銀十枚の手当が支給される。

無給の無足見習は、大抵は、十三、四歳のまだ童子の面影を残した少年らで、十五、六歳から手当つきの見習いになって、気の利いた見習なら十七、八歳ぐらいより、そうでない者でも、十九歳ごろまでには本勤並を命ぜられる。

本勤並には、金二十両の手当がつく。

渋井鬼三次の倅の良一郎は、七月から無足見習で北町奉行所に出仕となった。

その年の見習と無足見習は十一人いて、十八歳の良一郎は、その中の最年長だった。同じ十八歳の見習が二人と、十七、十六の見習が三人、無足見習のまだ小柄な少年らが五人だった。

十八歳の良一郎は背丈が六尺（約一八〇センチ）余あり、ちょっと見にはひ弱そうに痩せている。北町奉行所では、背の高いほうから三番目である。

「竿竹みたいなのがきたね。あれが鬼しぶの倅かい。似てねえな」

「あんなひょろひょろの頼りなさそうなのが、使えるのかい」

「空模様を見るには使えそうだ」

良一郎の風貌が同心らの笑い話の種になった。

細面の色白で、目の綺麗な優しい顔だちではあっても、十八歳の若衆である。それが十三、四歳の、まだ背の伸びきらない少年らと同じ無足見習というのには、大人の事情がある。

「まずは、無足見習からだ。四つ五つ年下と一緒に務めるんだ。まだ子供だが、歳は関係ねえ。どう務めるか、おめえの心がけ次第だ」

初めて出仕する前、父親の渋井鬼三次はそれしか言わなかった。

良一郎が北町奉行所に無足見習の出仕を始めて、ひと月余がすぎていた。

初めは、背中の筋のこわ張っているのがわかるほど張りつめていたのが、今ではだいぶ慣れて、もう平気である。

奉行所雇いの門番や下番、中間らが、青竹のように細長い良一郎を見あげて、この若衆が鬼しぶの倅か、とにやにや笑いを向けてきたのが、ひと月余で珍しくもなくなり、にやにや笑いを誰も向けてこなくなった。

父親の渋井鬼三次とは、奉行所では滅多に顔を合わさなかった。希にすれ違うことがあって、良一郎が畏まって辞儀をしても、ふむ、とかえしてくるだけで、言葉をかけられたこともなかった。

渋井鬼三次がそういう父親であることは、良一郎は子供のころから知っている。

良一郎は、もう気にならない歳になっている。

その昼どき、溜の間の見習と無足見習は黙々と弁当をかきこんでいた。昼飯を素早く済ませて同心詰所に戻ってきた同心に、誰某と自分の名が呼ばれれば、弁当の途中でも、どこそこへいって書きつけをもらってきてくれ、など言いつけられた用を果たさなければならなかった。

そのため、見習が弁当を食いそびれることは珍しくなかった。

だからみな、お喋りする間も惜しんで箸を弁当箱にかたかた鳴らし、口いっぱいに飯を頰張っていた。

ただ、年長の見習の若衆らは早飯に慣れており、さっさと弁当を済ませ、ぬるい茶をすりつつ、ひと息つくぐらいの暇はあった。

年長の見習らは、未だ収束する気配の見えない流行風邪にやられて、四谷の御先手組からまた死人が出たらしい、などと言い合っていた。

良一郎は、出仕を始めてひと月余で、その輪の中に加わってはいても、親しく言葉を交わせる傍輩(ほうばい)はまだいなかった。

見習同士が互いに呼び合うときも、年上は年下を、誰某、と呼び捨て、年下は年上を必ず、誰某さん、とさんづけにして呼ぶ昔からの習わしになっていたが、良一郎は年下の無足見習の少年らも、さんづけで呼んでいた。

その日も、急いで弁当をかきこんでいる良一郎に、同い年の杉浦勝五(すぎうらしょうご)と言う見習が、湯呑を手にした恰好(かっこう)で、不意に話しかけた。

「良一郎、おまえの父上は定廻(じょうまわ)りだから、知っているんじゃないか」

良一郎は弁当箱から顔をあげ、は？　という顔つきを見せた。

「ほら、先月末に京橋柳町(ちょう)の名主と町役人が、月番の北町奉行所へ、流行風邪で病人が大勢出ているのでお助け願いの訴えを、ようやく出したのは知ってるだろう。じつは、名主らがお助け願いの訴えを出すのが遅れたのは、柳町の柳井宗秀という妙な町医者が、理由はわからないけれど、訴えを出す必要はないと止めていたからなんだってね。町民のためのお助け願いなのに、医者がなんで止めたんだろう。よくないよね。名の知られた医者だから、ひどく偉ぶったところがあって、変人らしいという噂も聞こえているし。おまえの父上は定廻りだから、柳井宗秀がどういう人物か、当然、知っているんじゃないのか」

「柳井宗秀先生は、父の友人です。わたしも以前、柳町の柳井先生の診療所をお訪ねしたことがあります。先生はとても優れた、立派なお医者さまです。柳井先生が血だらけの怪我人の刀疵を針と糸で縫って、治療するのを見たことがあります。見事でした。生国は信濃で、長崎において西洋医学を修められた名医と、父は言っておりました」

「ふうん、友人なのか。けど、いくら名医だからって、変だろう。困っている町民のために、お助け願いを出すことをどうして止めたんだい。父上はそのことで、何か言ってなかったかい」

「いえ。何も聞いていません」

「友人なら、たとえ相手が名医であっても、間違いは間違いだと、正してやるべきじゃないか。それが、町民のために務めるわれら町方の役目のはずだけどね。柳井宗秀は言っても聞かない偏屈なのかな」

良一郎は首をかしげた。

宗秀先生をそんなふうに言われるのは、いい気がしなかった。

良一郎は顔を伏せ、弁当箱の残りを片づけにかかった。

勝五と、勝五の隣(となり)の同じ十八歳の日下明之進(くさかあきのしん)が、顔を見合わせ、意味ありげなにやにや笑いを交した。

鬼しぶのことだよ。え、あいつ、鬼しぶの倅なのか。そうさ。なんだ、知らなかったのかい。

無足見習の少年が、頰をふくらませてもぐもぐと動かしながら、隣の少年にささやきかけるのが聞こえた。

かまわず、良一郎は、「ご馳走(ちそう)さまでした」と呟き、食い終えた弁当箱を風呂敷にくるんで、湯吞を勝手の土間へ戻しにいった。

ちょうどそこへ、昼飯を終えた同心らが次々と詰所へ戻ってきたので、溜の間の見習らの昼どきも、慌ただしく終りになった。

年長の務めの長い見習は、誰某、と名前で呼ばれ、下役(したやく)につけと命じられた同心の下で見習修業を始めるが、無足見習は「見習」としか呼ばれず、仕事はほとんどがただの使い走りである。

溜の間に控え、詰所の同心の「見習」の声がかかると、順番が決まっていて、「はい」と即座にかえし、速やかに立っていく。

見習は、朝の六ツ半（午前七時頃）までに出仕し、当番方や宿直の同心に呼ばれたら即座に応じられるよう、待機していなければならない。

与力同心の通常の出仕の刻限は朝の五ツ（午前八時頃）で、普段の奉行所の業務が始まると、無足見習に使い走りの用が次々に言いつけられ、目の廻る忙しさがすぐに始まる。

また、午前の四ツ（午前十時頃）から開く詮議所の公事の詮議に出廷する町民らが、公事人溜に続々と詰めかけるので、奉行所の朝は大勢の人で混み合った。公事人溜に人があふれて混雑したときは、門前の腰掛茶屋で、詮議の順番がきて下番が呼びにくるまで、町民は待機させられた。

五ツ半（午前九時頃）すぎ、御奉行さまの四ツの御登城の御駕籠が、毛槍をたてた槍持ちを先頭に、裃姿の公用人や目安方、白衣の着流しに黒羽織の平同心、挟み箱をかついだ紺看板に梵天帯の中間小者らを従え、奉行所を粛々と出立する。

その折りは、見習も表玄関前にそろった同心らの後ろに控えて、八文字に門扉を開いた表門を出ていく行列のお見送りをする。

昼八ツ（午後二時頃）の、御下城の御駕籠のお迎えも同じである。

四ツに詮議所の詮議が始まり、奉行所はいく分静けさをとり戻すものの、見習と無足見習の目の廻る忙しさは変わりない。

この書状に年寄の誰某さまの印鑑をもらってきてくれ、と年寄同心詰所へいき、用を果たして戻って坐る間もなく、用部屋へ、あるいは例繰方詰所へ、とそんな具合に用を次々に言いつけられて午前のときがすぎ、慌ただしい昼どきを挟んで、午後のときもすぎていく。

そして、公事人溜の公事人の混雑が収まり、奉行所内になんとなく少し疲れた気だるげな気配が漂い始める八ツごろ、見習や使い走りの無足見習の務めに、ようやく暇ができてくるのである。

八ツをすぎてほどなく、御奉行さま御下城の御駕籠をお迎えし、それから四半刻（約三〇分）ほどたった七ツ（午後四時頃）前、一日の見習の務めは終る。

ただ、先月下旬のある午後、急遽、捕物出役が決まり、日が暮れたのち、当番与力ひとりに当番同心三人が、与力は火事羽織に陣笠、同心は鎖帷子を着こんで、鎖鉢巻、手甲脚絆尻端折りの拵えで出役するのを、見習らも見送るように、と命じられたことがあった。

　捕物出役は、通常、暗くなってから行う。明るいうちは町家の表店が営まれており、町方の捕物出役によって町家が混乱する恐れがあった。

　見習らは、日がとっぷりと暮れた宵の六ツ半（午後七時頃）すぎ、南町からの間もなく出役の知らせが入って、奉行所の中間小者らが、捕物道具といくつもの御用提灯を手にして勢ぞろいしている昼間のように明るい玄関前に、内座之間で出役の杯を交わしたあと、足早に出てきた与力同心の雄姿を見守った。

　出役の与力同心と中間小者らは、玄関式台の御奉行さまと側衆の与力らに見送られ、声もなくざわざわと草鞋を鳴らして八文字に開いた表門を出立していき、表門の外には、御用聞とその下っ引らの一団が、これも御用提灯と捕物支度に拵えて待ち受けていて、表門を出てきた与力同心一行のあとに従うのだった。

　与力同心の手にする捕物出役長十手や御用聞の持つ鍛鉄の目明し十手が、提灯の明かりに映えて、いくつもの黒光の耀きを夜の暗がりの中に放っていた。

「何度見ても、捕物出役の雄姿には胸がときめくね」

「ああ、うずうずするよ。わたしも早く捕物出役を命じられたいな」

杉浦勝五と日下明之進が、一行を見守りながら言うのが聞こえた。

しかし、良一郎は、紺屋(こんや)町の文六(ぶんろく)親分とお糸姐(いとねえ)さんの下っ引を務めていたつい去年までの、一年と数ヵ月の日々を思い出していた。

文六親分は南町奉行所臨時廻り方同心・宍戸(ししど)梅吉(うめきち)の御用聞で、お糸姐さんは文六親分より二十以上年下の女房である。

その文六親分とお糸姐さんに率いられて、仲間の富平(とみへい)兄さんらとともに町方の捕物出役に加わった、あの昂揚(こうよう)につつまれた胸の躍(おど)った日々は、まだほんの一年足らず前の去年のことだ。

あれから、良一郎の境遇は大きく、そして激しく変わった。

あのとき、良一郎は気づいたのだった。

高揚につつまれた胸躍る日々は終ったのだ。新しい日々が始まったのだ。自分にも。そして小春(こはる)にも……

小春は長谷川(はせがわ)町の扇子(せんす)職人・左十郎(さじゅうろう)の娘である。

午後の七ツ（午後四時頃）前、その日の務めが終って帰途についた。

渋井鬼三次の組屋敷は、亀島(かめじま)川の入堀に架かる地蔵橋(じぞうばし)に近い北島(きたじま)町にあって、呉服橋(ごふくばし)、楓川(もみじがわ)に架かる新場(しんば)橋、鍛冶(かじ)町の小路を抜けていく帰り道である。

長助とお三代という、そろって六十をすぎた老夫婦が住みこみで長年働き、屋敷のことにはまったくかまわない父親に代わり、住まいの用を全部承知してこなしている。良一郎が組屋敷に越してきたとき、長助は良一郎の長身痩軀を見あげて、

「あのぼんさまが、こんなになってたのかね。天井が低いだで」

と、心配顔を見せた。

朝飯夕飯、それから良一郎の昼の弁当もお三代が拵える。

「若旦那さま」

長助とお三代に、「坊ちゃん」ではなくそう呼ばれ、日本橋本石町の扇子問屋《伊東》では、使用人らに「坊ちゃん」と呼ばれていたから、いよいよ始まるのだな、と身の引き締まる思いがした。

表門から呉服橋御門へ向かう往来の、御濠がわの土塀に沿って、背の高い松並木がまばらに続き、松の木ではつくつくぼうしが鳴いている。

往来の前方を、無足見習の小柄な五人が賑やかに言い合いながら、枡形門の櫓がそびえる呉服橋御門へ向かっている。

良一郎は五人から離れた後方に、ひとりだった。

見習でも、着衣は黒羽織に着流しの定服である。着流しは裾短に着けられても、小柄な少年の黒羽織が、紺足袋に草履を履いた足下に届きそうなほど長く、無邪気な動きに調子を合わせるかのように、裾がひらひら躍っていた。

年上の見習は脇差を帯びているが、無足見習は無腰である。良一郎もそれに倣って無腰にしている。良一郎はまだ刀を持っていなかった。町家の刀屋で安価な大小なら手に入れられた。

だが、父親に何か言われそうで、それもできなかった。

一代抱の町方同心とは言え、侍奉公の端くれである。にもかかわらず、二本差しについて父親は何も言わなかった。

「良一郎……」

そのとき、後ろから声がかかった。

見かえると、杉浦勝五と日下明之進がいた。

「あ、杉浦さん、日下さん……」

良一郎は歩みを止め、二人に黙礼を送った。

「同じ見習の身だ。身がまえず、楽にしろ。さあ、いこう」

「え、どちらへ？」

「いいからこい」

と、杉浦に背中を押され、三人は並んで歩いた。

四

四半刻後、小あがりの格子窓から土手下を流れる新堀と、新堀の海側に架かる豊海橋が見える南新堀町二丁目の酒亭で、三人は銘々膳を囲んでいた。

膳には鱠や焼魚、煮物の器が並んで、焼魚の香ばしい匂いが嗅げ、ちろりの熱燗にはゆるい湯気がのぼっている。

暮れなずんではいるものの、窓の外の新堀に青みがかった薄墨色がたちこめ、対岸の北新堀の土手蔵が並ぶ所どころに、酒亭の明かりが果敢なく灯り、枝垂れ柳の黒い影も寂しげな夕景色が眺められた。

どこかで鳴らす三味線の音が、舟影の消えた新堀の川面を艶やかに流れていく。

「良一郎と呑むのは、初めてだな。わけありで、だいぶ遅れて見習を始めた良一郎を、みなで元気づけてやりたかったが、おれたちが子供と一緒に菓子でというのはつまらぬゆえ、いずれと思っているうちに八月になってしまった。身分は見習でも、おれたちは十八だ。もう子供ではない。久しぶりに一杯やろうじゃないか、ということになってな。なら、同じ十八の良一郎を誘って歓迎の宴にしてやろうと、話がまとまったのだ」

「ここは美味い鯊の料理を食わせるのだ。新川は酒問屋が多い。上等な下り酒が安く呑める。良一郎、今夜はおれたちに任せろ。十八の大人だ。呑めるんだろう。さあ呑もう」

勝五と明之進は、ちろりの燗酒を杯に満たしては、若さに任せて勢いよく重ねている。

良一郎は、いいからこいといきなり誘われて、断ることはできなかった。

父親は大抵、遅くなるまで戻らないから大丈夫だが、長助とお三代は心配しているだろうと気にかかりつつ、仕方なく杯をあげた。

酒亭は、お店者ふうや職人ふうの客が目だった。三人が表の格子戸をくぐったときは、小あがりに客はほとんどいなかったのに、いつの間にか客で埋まっていた。奥に座敷があるらしく、奥のほうからも賑わいが聞こえ始めていた。

「今日はもうひとりくる。われらと同じ十八歳で、与力見習の滝山修太郎さんだ。三人で、時どき呑んでるんだ。良一郎を誘ってもかまいませんかと言ったら、いいぞって、修太郎さんも乗り気だった。修太郎さんは知っているだろう」

「存じてます。言葉を交わしたことはありませんが」

同心見習の大方は表門長屋の同心詰所に務めるが、与力見習は奉行所内の年番部屋か与力番所、あるいは詮議所のお白洲（しらす）などに列座するため、両者が奉行所内で顔を合わせる機会はあまりなかった。

「修太郎さんは、鬼しぶの倅と一度呑みたかったんだって、言ってたぜ」

明之進は、修太郎と親しい間柄が自慢げに言った。

「はあ、そうなんですか」

良一郎は苦笑いをかえした。

「親父のことを鬼しぶと言われるのは、嫌かい」

勝五は、父上ではなく、言い慣れた親父に呼び変えていた。

「いえ。嫌ではありません。父の評判の悪さは、彼方此方（あちこち）から聞いて、慣れています」

「定廻りは評判が悪いほうがいいんだって、うちの親父は言ってるけどね」

「そうだよ。無宿渡世（むしゅくとせい）の博奕（ばくち）打ちやら地廻りやら破落戸（ごろつき）やら、そういうやくざな者らに、よくできたお方でなどと言われているようでは、定廻りは務まらないよ。鬼しぶと呼ばれて、煙たがられているぐらいがいいのさ」

「良一郎は、親父がなぜ鬼しぶと呼ばれているのか、わけを知ってるのかい」

「子供のころ、母から聞きました。父の不景気面を見たら、闇の鬼も顔をしかめると博奕打ちが言い出し、それが盛り場のやくざらに広まったって。母は、鬼しぶと呼ばれて全然気にしていない父に呆れていました」

「町方の女房が務まらなくて、里に帰されたお袋だね。そりゃあ、自分の亭主を鬼しぶなんて呼ばれてやくざにも馬鹿にされたら、女房は嫌だろうね。女には男の仕事がどういうものか、わからないからね」

「それに、鬼しぶのほうにも、いろいろあるしね」

「聞いてる聞いてる……」

　勝五と明之進は顔を見合わせ、父親が鬼しぶと呼ばれる口に出せない謂れが、ほかにもさもありそうに含み笑いを交わした。だろう、よせよ、などと良一郎にわざと見せつけるようにじゃれ合った。

　良一郎は、鬼しぶとか里に帰されたお袋とか、人の親を平気で言う二人の無頓着さにはとり合わず、ひっそりと頬笑んでいただけだった。

そこへ、与力見習の滝山修太郎が店に入ってきたのが見えた。

修太郎は、小あがりの三人へ目の大きい聞かん気な童子がそのまま若衆になったような顔つきを寄こし、大股で歩んで小あがりのそばの土間に立った。そして、

「おい。面白い話がありそうだな」

三人を順々に見廻してから、良一郎へ向いて、に、と笑いかけた。

「やあ、修太郎さん。お待ちしていました。女将……」

と、明之進が奥へ声を投げた。

「早くあがってください。こちらへどうぞ」

勝五は言葉つきを変えて、修太郎に奥の座を勧めた。

修太郎は、出仕の裃ではなく、銀鼠の値の張りそうな単衣に細縞の袴の涼しげな装いに、しかも、黒鞘の両刀を腰に帯びていた。

勝五と明之進は脇差だけで、良一郎は無腰である。着けていた黒羽織は脱いで小さく畳み、それぞれ後ろにおいている。

修太郎は、自慢げに大刀をはずして奥へいき、格子窓を背にした三人を従える恰好で座についた。

良一郎は目の前の膳をずらし、手をついて辞儀をした。

「渋井良一郎でございます。今宵はご一緒させていただきます」

「滝山修太郎だ。渋井のわけありの倅が、この七月から見習いの出仕を始めたと聞いて、どんな倅かと気になっていた。奉行所で見かけた折り、ずい分背が高いと思った。渋井の倅を歓迎する酒宴と聞いては、これを外すわけにはいくまい。酒宴に裃では堅苦しい。だから、屋敷に戻って着替えをしてきた。良一郎、そうしゃちこばるな。今宵は無礼講でいくぞ」

与力見習でも、下役の同心や同心見習とは身分の違いを見せつけるかのような口ぶりだった。

修太郎の膳と熱燗のちろりが運ばれてきて、今夜は呑むぞ、と若い三人は互いに慣れた者同士がいっそう元気づいた。旺盛な呑みっぷりと食いっぷりを見せ始め、良一郎は三人に打ち解けることができず、黙々と杯をあげた。

「ところで、渋井の話だったんだろう。勝五と明之進が、曰くありげなくすくす笑いをしてたな。どんな曰くなのだ。大きな声では言えないことなのか」

修太郎が杯を宙に止め、勝五と明之進に言った。

「この前の話ですよ。良一郎のお袋が、町方の女房が務まらず、里に帰されたあの話の続きです。良一郎が言うには、お袋は亭主を鬼しぶと呼ばれて、やくざらにも馬鹿にされるのが嫌で、やっぱり我慢ならなかったようです」

「だから、女は男の仕事がわからないって、鬼しぶの仕事ぶりは奉行所でも評判だったからなって、そんな話ですよ」

「ふん、そんなことか」

　修太郎は、ひと息であおった杯に手酌でちろりを傾けた。

「良一郎は、お袋が里に帰されたときの事情は知っているのか」

「十数年前の、わたしはまだ五、六歳でしたので、子細は知りませんが……」

　良一郎は聞かん気そうな修太郎をなだめるように、頰笑みを向けている。

「母は勝気な性分でしたから、父と言い合いになって、里に帰されたのではなく自分から組屋敷を出たんです。父は父で依怙地な性分で、勝手にしろという感じだったようです。そのとき母は、この子は町方にはさせません、とわたしの手を引いて里へ帰りました。もしかしたら、本気で里へ帰る気はなかったのかもしれません。ですが、それが成りゆきで本気になったんですかね」

「お袋の里は、本石町の老舗の扇子問屋だな」

「扇子問屋の、《大黒屋》です」

「裕福な商家のお嬢さま育ちだから、わがままな女なんだ」

明之進が口を挟み、良一郎は明之進へ頬笑みを廻した。

「それからお袋は、同じ扇子問屋の伊東の文八郎に、良一郎を子連れで再縁したんだろう。伊東も老舗だ。おまえは伊東の跡継ぎだったと聞いたぞ」

「母は文八郎さんの申し入れがあって、わたしを伊東の跡継ぎにしてくれるなら嫁いでもいいと、返事をしたそうです。それでまたわたしの手を引いて、伊東へ嫁いだんです。と言っても、同じ町内ですが」

「伊東の文八郎は、どういう継父（おやじ）だったのだ」

「とても優れた人です。商人としても、父親としても。生意気盛りになりつつあったわたしを、大事に育ててくれました。わたしがこうして、同心見習を始められたのも、わがままを許してくれた文八郎さんの広い心があったお陰です。今は渋井家に戻りましたが、文八郎さんが父親という気持ちに変わりはありません。じつの父以上に、文八郎さんを敬（うやま）っています」

「そりゃあ、鬼しぶよりはましな親父かもな」

と、明之進がおかしそうに言った。

良一郎は頬笑みを向けただけで、それにも言いかえさなかった。

「伊東を継いで商人になったほうが、ずっと裕福な暮らしができるだろう。高々三十俵二人扶持の町方同心より、多くの手代や使用人に傅かれて、伊東の主人に納まったほうがずっといいではないか」

修太郎はなおも言った。

「十三、四歳ごろから、何がというのではないのに、家にいるのがつまらなくて、居心地が悪く、自分の居場所じゃないような感じがして、盛り場をほっつき歩くようになったんです。遊ぶ金には不自由しませんでしたし。歳はばらばらでしたが、盛り場で遊ぶ仲間ができて、その中にはやくざの三下なんかもいて、お袋と文八郎さんに、心配をかけるようになりました」

「十三、四歳なら、無足見習の子供らと同じ年ごろじゃないか。良一郎はそんな子供のころから、やくざな不良仲間らと、盛り場で遊んでいたのか」

「そ、それじゃあ、賭場とか色茶屋とかにも……」

勝五が言いかけて、言葉を濁した。

「そんな不良が、なぜ町方なのだ」

「わたしが商人になる修業もせずに、不良仲間に加わって、家も空けることが続いて、母にも文八郎さんにも心配をかけました。神田の紺屋町に文六と言う顔利きの親分さんがいて、文八郎さんは文六親分とは気心の知れる顔馴染（なじみ）でした。商人になる修業はいつでもできる、しばらく文六親分に使われて、世間の修業をしてこいと、文八郎さんにいかされたんです」

「紺屋町の文六は知っている。もう六十すぎの爺さんだが、南町の臨時廻りの宍戸梅吉の下で御用をつとめる岡っ引だ。腕利きの岡っ引じゃないか。良一郎は、文六の下っ引だったのか」

「一年と少々、紺屋町の親分の店に住みこんで、修業を積みました」

「そういうことか。それで、文六の指図で彼方此方（あちこち）嗅ぎ廻ってる間に、定廻りの親父とも顔を合わせる機会があったわけか」

「父とは、顔を合わせた機会はほとんどありません。見かけたことはありますが、互いに知らん顔をしていました」

「町方の親父を継げと、言われたわけじゃないのか」

「父は何も言いません。今もです。文六親分の下っ引を務め、それから、じつはこの春の初めに大坂へいく用があって、江戸に戻ってきたのは四月でした。江戸へ戻ってから、あるときふと、自分が町方だとしたら何ができるんだろう、どう生きるんだろうと思ったのが最初です。それからだんだんと、自分は何ができるのか、どう生きるのかと気になってきて、頭から離れなくなりました。おかしいですね。わたしみたいな者が、町方になろうと思うなんて。なぜそう思うようになったのか、上手く言えませんが」

「親父を継ぎ、江戸町民のために力をつくす覚悟を決めたってわけだな」

勝五がからかった。

「なるほど。良一郎はわれらとはだいぶ違うようだ。こういうのが案外に、渋井の倅らしいのかもな。よかろう。どういう経緯であれ、渋井の倅が町方に戻ってきてまことにめでたい。では改めて祝杯をあげるぞ。今宵は、性根を入れて呑むぞ」

「おお、鬼しぶの倅に祝杯をあげるぞ」

おお。おお……

と気勢をあげ、「女将、酒だ。酒を頼む」と、廻りの迷惑も考えず、店の奥へ大声を投げた。修太郎も勝五も明之進も、すでにだいぶ酔っていた。

五

一刻（約二時間）後のとっぷりと夜の更けた五ツ（午後八時頃）すぎ、四人は南新堀二丁目の往来に出て、豊海橋のほうへ向かっていた。豊海橋を北新堀通りに出て永代橋を渡り、深川北川町の万徳院で毎夜開帳している賭場へ向かっていた。

「家の者が心配しております。わたしはこれで……」

と、良一郎は断ったが、だいぶ酔った三人は許さなかった。殊に修太郎が、良一郎の腕を無理矢理とって離さなかった。

「心配するな。ばれはせん。われらは万徳院の定客も同然、貸元にはよき客だ。向こうも知らぬふりして、承知しておる。良一郎、同心が与力の誘いを断る気か。帰ることはならん。今夜はわれらに、とことんつき合え」

しかも気がせくのか、みな今にも走り出しそうな勢いだった。

福島橋を渡り北川町の掘割沿いの夜道をいくときは、さすがに疲れて三人ともに荒い息を吐いていた。良一郎ひとりが、文六親分の下っ引の務めでこれぐらいのことは慣れていて、平気だった。

北川町の暗い路地をいくと、万徳院の裏手の土塀に潜戸があった。

外廻りの見張り役の若い衆に声をかけ、若い衆の案内で、潜戸を抜けて、秋の虫の声が聞こえる境内を庫裏へ向かった。

庫裏裏の空部屋で開かれている賭場は、大部屋ではなく、丁側半側双方に十人から十一、二人も張子(はりこ)がつけば盆筵(ぼんござ)は賭客(ときやく)で埋まる中ぐらいの賭場だった。賭客が多くなると、隣の小部屋まで盆筵を長くしなければ張子がつけなかった。

隣の小部屋は、間仕切を引き開け、胴親(どうおや)と見張り役の若い衆らがいた。賭客の刀を預かり、賭金(かけきん)を駒札(こまふだ)に替え、賭博の合間にひと息入れる賭客が休めるよう、食い物の器や酒なども用意してある。

板戸を閉てた息苦しいほど噎(む)せる部屋に、長い盆筵を敷き延べ、六本の蠟燭(ろうそく)たての炎が火先を震わせていた。その夜は張子の人数は多くなく、丁側に七人、半側に八人がつき、座は空いていた。

盆筵の丁側の中央に中盆(なかぼん)、中盆に相対する半側に、肌脱ぎの壺振(つぼふ)りがいた。

「よし、いい具合に空いている。今夜はついているぞ」

昂揚した修太郎は、「お腰の物を預かりやす」と言う若い衆に両刀を預け、真っ先に駒札を両手に抱えた。続いて勝五と明之進も折り畳んだ黒羽織と脇差、無腰の良一郎は羽織だけを預け、それぞれ駒札に替えた。

そのとき、良一郎は小部屋で休んでいるらしい三人の客のひとりが、こちらをちらちらと見ているのに気がついた。

三人は、黒っぽい着流しの裾を膝頭までたぐり、胡坐に片膝をたてた恰好で、畳においた銚子と猪口を囲んでいたのだった。

その中のひとりが、胴元から駒札を受けとっている良一郎へ、不意に首をひねって、眉をひそめた顔つきを寄こしたのだ。二人より兄貴分ふうのいかつい風貌で、ひと目で堅気ではないとわかる中年の男だった。

良一郎が、案内の若い衆と三人のあとについて、長身をかがめて鴨居をくぐり賭場へいくのを、男の険しい目つきが追いかけてきた。

見覚えはないが、向こうはこっちを見知っているのかもしれない。もしかしたら不良仲間とつるんでいたころか、と少し不安になった。

修太郎と勝五は、張子が抜けたばかりの丁側の端の座に並んでつき、良一郎と明之進は半側の両端に分かれた。

明之進は修太郎と勝五の真向かいで、良一郎ひとりが三人と離れた端になった。

丁側の中盆のむこうで、修太郎と勝五が陽気にはしゃいでいた。盆筵を挟んだ明之進とも戯言を交わし、けたけたと甲高い笑い声をまき散らした。

そのたびに、身体をゆすり手をふり廻したため、修太郎の隣の客が迷惑そうに顔をしかめた。

「さあ、どうぞ。張った張った」

と、中盆の声がかかり、勝負が始まった。

中盆は、丁半同額になるまで張子の張り増しを調子よい口調で促し、盆筵に駒札がからからと鳴り、丁っ、半っ、の声が飛び交った。

「丁だ」

修太郎の勢いよく張った駒札の一枚が、隣の客が張った駒札のわきへ跳ねた。

隣の客は地廻りふうの若い男だった。

「うるせえな」

と、修太郎の駒札を手先ではじき飛ばし、それが修太郎の膝にあたった。

「何をする。ちょっとそちらへ零れただけではないか」

「馬鹿野郎。迷惑なんだよ。がきが」

地廻りふうが、険しい口調で言った。

しかし、中盆はすでに勝負が始まっているので二人を咎めず、「丁ないか、丁ないか……」と丁側の張り増しをあおった。やがて、

「丁半そろいました。勝負」

と声をかけた。

すかさず、壺振りは壺笊に二個の賽子を手際よく放りこみ、ばらばらと音をたてて盆筵へ落とし、張子が一斉に目をそそぐ中、壺笊を跳ねるように躍らせた。

「四一の半」

中盆が通る声で言い、どよめきと溜息がまじり合った。

賭場の若い衆が丁側の駒札を集め、それを中盆の指図で半側へ即座に分配していく。このとき、寺銭として勝ったほうの賭金の五分を駒札から差っ引いていく。

「ううむ、残念だ」

修太郎が最初の勝負で、膝を拳で打って大袈裟に悔しがった。

「次だ。次いくぞ。丁っ」

「まだ小手調べ。勝負はこれからだ。おれも丁っ」

と、修太郎と勝五が、中盆がまだ声をかけぬ前に駒札を張った。

修太郎は駒札をぞんざいに張り、重ねた駒札が盆筵にばらばらと零れた。

「出だしは好調だぞ。このまま半でこい」

明之進も、二人に負けぬぐらいにはしゃぎながら駒札を張った。

中盆が眉間にしわを寄せ、顎で若い衆に指示をした。指示された若い衆は、修太郎の後ろに片膝づきになり、冷やかに制した。

「お客さん方、お静かに願いやす。ほかのお客さんの迷惑になりやす。駒札を張るのは、中盆の指示に従っていただきやす。前の駒札が盆筵に残っている場合がありますので、まぎれては困りやす。それと、駒札をそのようにばらばらで張られては勘定に手間がかかります。札を重ねて……」

若い衆が駒札へ手を差すと、修太郎はその手を払った。

「わかった。静かにする。手を出すな。勝五、明之進、おまえたちも子供みたいに騒いではならん。ほかの客に迷惑だ。これでよかろう」

修太郎は、零れた駒札をそろえにかかった。

隣の地廻りふうが、ちぇっ、と舌打ちをした。

「なんだ。若い衆に言われたからそろえておるのだ。気に入らんのか」

「うるせえんだよ。がきみてえに騒ぎたかったら外でやってこい」

「だから静かにする。少しぐらいなんだ。こちらの勝手だろう」

中盆が喧嘩になりそうな二人をとり持つように、よく通る声で言った。

「さあ、お客さん方、夫婦喧嘩と賭場の喧嘩は犬も食わねえ。張った張った」

丁、半、のかけ声が飛び、修太郎と地廻りふうの言い合いは中断した。

良一郎は半側の端の座から、盆筵の両端に離れた三人を見やり、拙いことにならなければいいがと気をもんでいた。それでも、三人は大声ではしゃぐことは止め、丁、半、と勝負にのめりこみ始めたかに思われた。

無理やり連れてきた良一郎のことは、もう眼中にない様子だった。

その夜は半の目がよく出て、丁側はつきのなさを少しでもとり戻そうと、駒札を張る枚数が勝負ごとに増えていた。

修太郎の様子が急に変わり始めたのは、勝負がだいぶ大きくなって、賭場が緊迫した気配につつまれていたときだった。明らかに悪酔いしているのがわかるほど顔が青ざめ、老人のように唇をへの字に結び、盆筵を睨んでいた。

「張った張った」

と中盆の声が飛び、丁半の駒札がからからと鳴った。

修太郎は残り少なくなった駒札を黙って張り、隣の地廻りふうは、手持ちの駒札を失い、新たに替えた駒札を、苛だってやけ気味に張っていた。

「半ないか半ないか……」

中盆が繰りかえし、半側に張り増しを促していた。そのとき、半っ、と駒札が

音をたてて張り増され、

「勝負」

と中盆の声が通ると、壺振りの壺笊に入った二個の賽子がばらばらと鳴って、盆筵へ素早く落とされた。そして、跳ねるように躍った壺笊の下に、ぴんぞろの丁が薄暗い天井へ向いていた。

「ぴんぞろの丁」

「よしきた」

地廻りふうが興奮して叫んだ。

途端、修太郎が胃の腑からこみあげる嘔吐物を我慢できず、あう、となって盆筵へ派手に吐瀉した。吐瀉物は修太郎の張った駒札のみならず、正面の明之進、左右の勝五と地廻りの駒札にも飛沫をまき散らした。

ああっ、と賭場に喚声が走った。

「くそがき」

地廻りが怒声を発し、片膝立ちになって修太郎のこめかみへ拳を浴びせた。

修太郎はそれを防ぐどころではなく、拳をまともに浴びて声もなかった。

ぐにゃりと勝五へ倒れかかったところが、勝五は吐いた物で着物の汚れた修太郎を、思わず押し退けた。

地廻りは、押し退けられた修太郎の後ろ襟と袴の帯紐をつかんで持ちあげ、部屋の板戸目がけて放り投げた。立ちあがった地廻りは、中背ながら、肩の肉の盛りあがったいかにも怪力らしい体躯だった。

放り投げられた修太郎は、閉てた板戸を布きれのように左右へ打ち払い、裏庭の暗がりへ放り投げられた。

「修太郎さん」

と、勝五が立ちあがりかけたところへ、地廻りのひと蹴りを腹に受けて、庫裏の壁ぎわまで飛ばされた。

明之進は地廻りの剣幕に、呆然と見守っているだけだった。しかも、地廻りにはほかに二人、険しい顔つきの屈強そうな仲間がいた。

「おめえら、こいつら二人を足腰立たねえようにしてやれ。おれは野郎だ」

喚きながら、板戸のはずれた裏庭の暗がりへ分厚い体躯を躍らせた。

「馬鹿野郎」

「てめえら、大人しくしやがれ」

「火ぃ気をつけろ」

「どけどけ」

賭場は一瞬にして、怒号と罵声、喚声と悲鳴が飛び交い、人が走り廻り、人影が躍り、畳が激しく振動し、部屋中が混乱につつまれた。

裏庭の暗闇に庫裏の部屋の明かりが射し、土塀際の竹林と、竹林の根元に首を突っこみ俯せた修太郎を薄く照らしていた。

修太郎の銀鼠の着物が、暗がりの中にぼうっと浮かんでいた。

地廻りはその銀鼠の着物を、踏み潰しそうなほどに三度踏みつけた。

踏みつけられるたびに、修太郎は朦朧となりながらもか細い悲鳴を引き摺り、手足をわずかに震わせた。

「がきが。ぶち殺してやるぜ」

地廻りは、修太郎の襟首を片手で鷲づかみにして俯せから易々と起こし、月代を綺麗に剃った頭へ石のような拳を見舞い、ごつんごつん、と音をたてた。

修太郎は地面にしゃがんだ恰好で、両手を垂らして頭を庇うこともせず、木偶のように首を左右にゆらすばかりだった。

たちまち、修太郎の髷がほどけてざんばらになり、血が修太郎の顔面を伝い、血は嘔吐物や土で汚れた着物にも滴った。

一方、賭場では、地廻りの仲間に暴行を受け、勝五と明之進はうずくまり、それを若い衆らが止めにかかって、そこでも殴る蹴るの騒動になっていた。地廻りの仲間の暴れように、若い衆は手がつけられなかった。

客らは側杖を喰わぬよう離れたところでそれを囲み、庭の暗がりで修太郎は瀕死の目に遭わされていた。

「ゆ、許して……」

修太郎はか細い泣き声を、ようやくあげていた。

「そら、もう一丁」

地廻りが拳をふりあげたそのとき、良一郎が背後からその手首と太い首に腕をからませ、地廻りを後ろへ引き摺り倒した。

「野郎っ、いい加減にしやがれ」

と、良一郎は慣れた啝っ引口調で叫んでいた。

地廻りは目を丸くして、痩せっぽちののっぽを睨みつけた。

「てめえも仲間けえ」

即座にいきり立ち、良一郎へ突進した。

地廻りの月代の伸びた頭は良一郎の目の下にあったが、分厚い体軀は良一郎の瘦身の二廻り以上はある。

太い腕が暗がりにぶうんとうなって、良一郎の顔面を襲い、咄嗟(とっさ)に、良一郎の身体が勝手に動いた。

長身の瘦軀を二つに折って、地廻りの拳に空を打たせ、即座に起きあがり様、拳で地廻りの顎を突きあげた。そして、仰(の)け反(ぞ)って一旦天を仰いでから戻ってきた大きな顔へ竹槍のように拳を突き刺した。

地廻りは二、三歩退り、まるでひと重(え)の目が遣(や)り場に困っているかのように良一郎との間の宙を彷徨(さまよ)った。

すかさず、着流しの裾を派手にひるがえして身を躍らせ、下帯が丸見えになるのもかまわず、「喰らえ」と、地廻りの顔面をひと蹴りした。

地廻りは仰(あお)のけに吹き飛び、庫裏の濡れ縁の下に頭を突っこんで手足を広げ、動かなくなった。

そこへ、賭場で暴れていた二人の仲間が、仕かえしに裏庭へ飛び降り、良一郎に襲いかかってくるのを、良一郎は二人がかりの拳や蹴りをもらってよろけたり、腰がくだけそうになりながら、懸命に堪(こら)えて殴りかえし蹴りかえした。

二人がかりを相手に良一郎の必死の暴れっぷりに、長煙管(ながキセル)を手にした胴元や若い衆、見物を決めこんでいた客らは、この痩せっぽちののっぽはやるじゃねえか、と感心して見惚れるほどだった。

しかし、ひとりが背後から良一郎に組みつき、ひとりが拳や蹴りを散々に浴びせかけた。すると、

「もういい。これまでだ」

と、良一郎に拳を見舞いかけたひとりを横からの長い腕が突き退けた。

わっ、と男は土塀際の竹林の間へ突き転がされた。

咄嗟に、良一郎は後ろから首に巻きつけている男の腕をとって、長身を素早く畳んで男の身体を背中にかついで浮かせ、背負い投げに投げ捨てた。

男は庭に叩きつけられ、苦しそうに身をよじった。

良一郎は投げた恰好のまま、はあはあ、と荒い息を吐き、すぐには動けなかった。

顔が腫れ、唇から血が垂れていた。髷も歪んでいたが、ざんばらにはかろうじてなっていなかった。

「若いの、やるじゃねえか」

どすのきいた声だった。

良一郎らが賭場にきたとき、胴元のいた小部屋で銚子と猪口を囲んでいた、黒っぽい着流しの三人の客のうちの、良一郎へ眉をひそめた顔つきを凝っと寄こしていた、いかつい風貌の中年の男だった。

「あの男は猪団蔵(いのししだんぞう)と言ってな。深川じゃあ滅法腕っ節の強い男と、恐れられているんだぜ。猪団蔵をのしたかい」

黒っぽい着流しのほかの二人も、男の後ろから良一郎を見つめていた。

濡れ縁と賭場の部屋には、貸元や若い衆や客がいて、勝五と明之進は、その後ろのほうにうずくまり、裏庭の良一郎を決まりが悪そうにのぞき見ている。

「どちらの親分さんか存じませんが、礼を申しやす」

良一郎は、荒い息を吐きながら男に言った。

「若いの、おめえを知ってるぜ。神田の文六親分のとこにいた若い衆だろう。名前は、良一郎だった。おれは龍喬(りゅうきょう)だ。そこの櫓下(やぐらした)で防ぎ役みてえな仕事を任されているもんだ。よろしくな」

「え？　ええ」

いきなり名前を言われて、良一郎は戸惑った。

「ところで、良一郎さん……」

と、龍喬は言葉つきをさりげなく改めた。

「親父さんは、渋井鬼三次の旦那でやすね。北町奉行所定町廻りの渋井鬼三次、あっしらの間じゃあ、鬼しぶで通ってる腕利きの町方でやすね」

戸惑いながら、つい、頷いた。

「やっぱり。胴元、こちらの良一郎さんは鬼しぶの旦那の倅だぜ」

龍喬は良一郎から目を離さず、濡れ縁の胴元に声を投げた。

「お、鬼しぶの倅？」

胴元が驚いて繰りかえし、廻りの若い衆らもざわめいた。あの若いのは鬼しぶの倅か、とささやき声が聞こえた。

「ところで、良一郎さん。あんた、もう文六親分の下っ引はよして、北町の同心見習で出仕を始めたらしいと噂を聞いたんですが、違うんですかい」

良一郎は目を伏せた。

「だとしたら、ほかの若衆も、町方の見習仲間なんですね。ふうん、これから北町の町方に就こうって八丁堀の若衆が、深川くんだりの賭場で遊び惚（ほう）け、地廻り相手に喧嘩なんぞして、親父さんにどう言いわけなさるおつもりなんです？」

「済みません。みなで酒を呑んで、そのあと、ちょっと遊んでいこうということになって、つい気を許してしまいました」

良一郎は肩をすぼめて、小声で言いわけした。

「胴元、鬼しぶの坊ちゃんが済みませんだとよ。どうする」

と、龍喬が今度は濡れ縁の胴元へ見かえって言った。

「どうするもこうするもねえぜ。坊ちゃん方、ここはあんたらのくるところじゃねえ。賭場を荒した分は目をつぶってやる。仲間を連れて帰れ。おい、誰か、そこののびてる坊ちゃんを起こして、永代橋まで送ってやれ。あとのもんは急いで汚れ物を片づけ、賭場の掃除をして仕きりなおしだ。お客人方は、あっちの部屋で酒でも呑んで、掃除が済むまでお待ちくだせえ。みな急げ」

胴元が言うと、喧嘩が始まり鳴き止んでいた境内（けいだい）の虫の音が、暗闇の中から賑やかに聞こえてきた。


八月の上弦（じょうげん）の月が、永代橋の夜空高くかかっていた。

大川の川面には月のほの白い光が砕け散り、舟影に灯された小さな灯が、大川のずっと上流の新大橋（しんおおはし）あたりに見えていた。

良一郎が永代橋の先をいき、修太郎を両わきから支えた勝五と明之進が、あとからゆっくりと反り橋をのぼってくる。血だらけでざんばら髪の修太郎は、足を引き摺りつつ、両わきから支えられてようやく歩んでいた。

夜が更けて、永代橋に人通りはなかった。

修太郎はとき折り、今にも嘔吐しそうな噯(おくび)をもらした。

「修太郎さん、ここで吐かないでくださいよ。屋敷まで我慢してください」

明之進が懸命に言った。

「良一郎、修太郎さんは血だらけで化け物みたいだぜ。このまま連れて帰ったら、滝山さまはさぞかし吃驚(びっくり)なさるだろうな。いろいろ問い質されるぞ。おれたち、どう言いわけしたらいいんだ」

勝五が前をいく良一郎に、しょ気た声で言った。

良一郎は、修太郎の二刀を肩にかつぎ、ゆるやかに反った永代橋の天辺(てっぺん)まできていた。

ふうん……

と、良一郎は溜息を吐いた。いい思案など、あるはずもなかった。

長助とお三代は心配しているだろうな、と良一郎は思った。

黒羽織の裾をゆらし、後ろの三人へふりかえった。

修太郎を両わきから支えている勝五と明之進が、橋の天辺の、上弦の月がかかる夜空の下の良一郎を頼るように見あげていた。かすかな月明かりに照らされ、修太郎の顔の血が墨を塗ったように見えた。

「これでは、言いわけのしようがありませんよ。ありのままに話すしか、ないのではありませんか」

「そうだな。ありのままに言うしか、ないよな」

「けどさ、こんなことを、ありのままに言ったら、おれたち、御奉行さまからお咎め（とが）を受けるかもしれないな」

明之進が心配顔になった。

「拙いぞ、そんなことになったら」

勝五が語気を強めて言った。

「そうですね。お咎めを受けるかもしれませんね」

良一郎は夜空の月を仰ぎ、呟いた。そして、親父はなんて言うかな、と考えた。良一郎は、親父がなんて言うか、そっちのほうが気になった。

その四人の後方に、深川の佐賀（さが）町から永代橋へちょうど差しかかった二人の男がいた。二人は、永代橋の前方をいく四人の人影を見やり、

「あいつらだ」

「ああ、あいつらだ」

と言い合った。

「鬼しぶの倅か。こいつはいい読売種（よみうりだね）になるぜ」

ひとりが言い、

「ああ、いい読売種に違いねえ」

と、もうひとりがまた言いかえした。

「しかし、鬼しぶにあんな倅がいやがったとはな」

「しかも、文六の若い衆だった。こっちのほうも書きようによっちゃあ、いい読売種になるぜ。面白くなってきたじゃねえか」

二人は、永代橋の天辺からくだっていく四人を見失わぬよう、つかず離れず、橋板にひたひたと草履を鳴らした。

第二章　とりたて

一

翌日、市兵衛は笹山家屋敷内の十畳の書院に案内され、倅の六平が用意した手文庫に収められた借受証文の確認を始めたのだった。

書院は、卯平の寝所から折れ曲がりの縁廊下を中庭に沿って玄関のほうへ戻ったところの客座敷で、部屋に面した中庭の土塀際の小楢や桂でも、はやつくつくぼうしが鳴いている朝だった。

秋めいてはいても、今日も暑い一日になりそうだった。

六平は、浅葱に菊菱小紋の小袖と、鉄色に千鳥文を散らした袴の下のよく肥えた腹と腰をゆらし、市兵衛の傍らに着座するとき、どん、と畳を鳴らした。

市兵衛は、午前の日が青々と射している中庭へ向いた文机についている。

昨日、玄関の応対に出た小柄な若侍が、市兵衛と六平の茶を運んできた。

その書院からも、南東側の広い空に築地本願寺の堂塔の瓦屋根が望める。

「いい眺めですね」

市兵衛は本願寺の堂塔を望みつつ、六平に話しかけた。

「そうですか。殺風景な庭と空だけの、何もない退屈な眺めですよ。たまに早起きしてこの景色をぼうっと眺めていたら、自分が庭石になったような気がしてくるんです。自分を忘れてしまって、なんの役にもたたない石になったような……」

六平は、はあ、と気だるげな吐息をついた。

市兵衛は六平へ、笑みを向けた。

「自分が自分だけの役にしかたたない、そういうときもあります」

六平は、丸い頬の上のひと重の細い目をいっそう細めて市兵衛に頬笑んだ。

今朝は白い晒の覆面に締めつけられておらず、頬笑むと、楽々とした頬の肉がはちきれそうである。

文机には、黒塗りの手文庫に硯と筆、梁上一珠の長算盤が並んでいる。

手文庫の中には、分厚い帳簿と、《借受申金子之事》から、《一、金十二両也》などと読める借受証文が十数枚、そして半紙などが重ねてあった。

「帳簿には、貸金と返金の済んだお客と証文の書き替えになったお客の、金額、利息、返金期限の日付、相手の身分姓名が記してあります。返金の済んだ方は父の印が捺してあり、印のないのは、新たな借受の方々や証文を書き替えにした方々です。三年ほど前からの帳簿でして、それ以前の古い帳簿は蔵に仕舞ってあります。何しろ、六十近い父が四十になる以前よりつけ始めた帳簿ですから、こんなに分厚くて……」

六平は細い目を見開き、毛の生えたむちむちした指で分厚さを測る仕種を、無邪気にして見せた。

市兵衛は帳簿をめくり、三年前よりほとんどが春夏冬の公儀の三季蔵米縛りと思われる日付順に、借受人の身分姓名、借受金、天利と記した天引きの利息額に、筆墨料まで記した帳面を繰っていった。

借受金を次の縛りへ書き替えにしている同じ身分姓名が、いくつも読めた。

印を捺した客のあとのほうにまじって、印を捺していない七人の身分姓名がまじっていて、その七人の返金の期限がこの先々月の六月だった。

帳面の記述の最後に、十一人の印のない身分姓名が続いていて、それは今年の冬の十一月の晦日（みそか）が、返金期限になっていた。

すなわち、印のない借受人は十八人いた。そのうち、諸藩の勤番侍と思われる二人を除き、あとは旗本御家人だった。

期限が十一月晦日の十一人は、流行風邪（はやりかぜ）に罹（かか）る前にとりたて、証文を書き替えたりした借受人で、先々月の六月晦日の期限の七人が、市兵衛がとりたての助役（すけやく）に雇われた借受人ということだった。

その七人の中に、虎之御門外の旗本・広川助右衛門の名前と借受金の九十五両一分二朱百文が記されている。

帳簿をめくりつつ、まさか兄の片岡信正（かたおかのぶまさ）や返弥陀ノ介（かえりみだのすけ）の名はあるまいな、と少々胸が鳴った。

借受金の額は二十両を超える額が三人。十両代が一番多くて九人。そして、数両何分何朱と細かい額が六人だった。

市兵衛は帳簿を開いたまま文机におき、証文の束を手にとって、一枚一枚確認していった。そして、

「返金期限が六月の日付が七人に、十一月の日付が十一人、合わせて十八人の借

受人にお父上の印がありません。返金期限のすぎたこちらの七人のお客のとりたてをするのですね」

と、念のために言った。

「そうです。父に聞きましたところ、そちらの十一人の方は新たな借受人がお二人と、あとの九人は証文を書き替えられた方々です。で、こちらの七人のとりたてを始める前に流行風邪に罹ってあの始末です。御公儀の三季切米は、春の借米が二月で夏の借米が五月、冬の切米が十月です。父は、三季切米の翌月の晦日を返金の縛りにしていますから、蔵前の札差の縛りよりひと月ほど遅らせているのです。結局は同じなのですが、札差よりは配慮しているのだぞ、町家の高利貸とも違うのだぞというところを、見せているのです」

六平は、太った上体を窮屈そうに文机へ傾け、十八枚の証文を指差した。

冬の縛りの十一人のうち、十両以上は五人で、あとは十両より少ない借受金だった。一方、夏の縛りのとりたてが済んでいない七人は、借受額が十両以下の数両が三人、あとの四人は十数両から二十両以上で、そのうちのひとりが、これを残しては死んでも死にきれぬ、と卯平が言っていた五千石の寄合席の旗本・広川助右衛門の証文だった。

帳簿に記してあったのと同じ、九十五両一分二朱百文の細かい金額が読めた。

市兵衛は、広川助右衛門の証文を六平のそばへおいた。

「これは凄い額ですね。こちらの証文の広川助右衛門さまは、六平さまのご存じの方ですか」

市兵衛のおいた証文をのぞいた六平は、丸い肩をすぼめた。

「存じております。以前は、よくあるところで、お会いいたしました。じつは、父が武家相手に大っぴらにはしないように金貸をやっているのを知って、父に融通を頼みたいと声をかけられ、わたしが中立をしたのです」

「家禄五千石の旗本が、急な要り用があったのですね。六平さまとよく会われていたところとは、どちらですか」

六平は、顔の割に小さな唇をぎゅっと閉じた。それから、

「深川の、ある賭場です」

と言った。

「なるほど。そういうことでしたか」

「わたしは身体の割にはこの太短い指で、子供のころから不器用で、算盤がどうしても上手くできませんでした。算盤を習うのが大嫌いで、父を嘆かせました。

と言って、この身体じゃあ動きが鈍くて剣術もだめです。それでも御公儀の旗本かと、自分でも情けなくなります。それに、代々の小普請ゆえ、暇を持て余しておりました。こっそり賭場へいくようになって、そこで助右衛門さんと顔見知りになったんです。唐木さん、わたしが算盤はやめても、こっちがやめられないことは、父には内分にしてくださいね」

六平は壺振り（つぼふ）の仕種を真似（まね）た。

「わかりました。内分にいたします。安心してください」

そう言うと、六平はまた細い目をいっそう細めて無邪気に頰笑んだ。

「それから、念のためにうかがいます。例えばこのお二人ですが、こちらは十二両の借受金で、こちらの方は五両二分の借受金です」

市兵衛は、開いた帳簿と二枚の証文を六平の膝の前に並べた。

はい、と六平はむっちりとそろえた膝の前の帳簿と二枚の証文へ、腰に帯びた脇差を大きな腹で押し潰すように、上体をぎゅうっと傾けた。

「十二両の方は、天利が二分三朱百三十文。年利を春夏冬三季に分けた一季分として御公儀公定（こうてい）の一両四千文で換算しますと、年利では一割八分になります。また、筆墨料の一朱二百三十文は十二両の一分です」

市兵衛は文机の長算盤を素早くはじき、

「五両二分の方は、一季が一分と百文の利息になっており、これは年利では一割五分です。しかし、筆墨料は四百四十文で、こちらは五両二分の二分にあたります。この違いは……」

市兵衛は同じ長算盤の間を開け、二つの勘定をおいて六平に見せた。

「はは、上手いもんだ。指先は虫が飛んでいるように素早いですね」

長算盤の二つの勘定を見比べ、感心して言った。

「それも、父に聞いております。春夏冬三季の切米縛りは、お客のほとんどが御公儀の旗本御家人だから、札差と同じにしているのです。寛政の御改革で、札差の利息は年利六分以下と定められ、蔵米が貸金の形になりますが、父の場合は貸す方も借りるほうも互いに大っぴらにはできない貸借で、貸金には形がありませんから、町家で通例行われている年利一割五分にしているのです。ただし、十両以上の大金のお客には、一割八分の利息に決めておるとも申しておりました。逆に証文の筆墨料は、わずかですが、十両以上のお客は貸金の一分、それ以下のお客は貸金の二分をいただいておると、そのように」

「確かに、十両以上とそれ以下により、利息と筆墨料が違っています。得心がいきました。それと……」

市兵衛は、しばし間をおいて続けた。

「もうひとつ、ささいなことですが、気になるのです。よろしいですか」

「どうぞ」

「広川さまの証文の書きつけの次第が、ほかの方々と少々違っております。借受金の額と、右の金子慥（たし）かに預かり申し候、当酉（とり）の六月晦日までに返金仕（つかまつ）るべく候、となっており、そこまではどなたも同じです。ところが、広川さまの証文だけは、そのあと、定めの通り返金延滞の儀御座候（ござそうら）はば、広川家持分の田地米にて相応に相渡し申すべく候、と続いています。何ゆえ、広川さまの証文だけには、返金延滞の儀が書き添えられたのでしょうか」

「ああ。これはですね……」

と、六平は事情を語った。

広川助右衛門は、六平の中立で一昨年の文政（ぶんせい）六年（一八二三）夏、卯平から二十五両もの大金を、冬の切米縛りで天利を引いたうえで借り受けた。

卯平は、広川家は五千石の家禄ゆえ、貸付をためらわなかった。

ただし、この借受は広川家には絶対知られないようにと、強く念を押された。

というのも、助右衛門は広川家の婿養子に迎えられ当主についたばかりで、大勢いる広川家の一族の中では、気ままなふる舞いが許されなかった。

その年の冬、助右衛門は二十五両の返金ができなかった。そればかりか、卯平からさらに十両を借り増し、天利を引いたうえで、春の借米縛りの三十五両にした借受証文に書き替えた。

そして、助右衛門は、春の三月晦日には、夏の六月晦日には、この冬には間違いない、などと言いつつ、翌年の文政七年（一八二四）春、夏、冬、の縛りの期限がくるたびに、返金どころかその都度借り増しを続け、明けて当文政八年（一八二五）の春三月の期限の前に、

「どうしても、二十両足らずの端金（はしたがね）だが、用だててほしい」

と頼まれ、卯平はわれにかえってぞっとした。

「父は、返金は一度もなくとも、広川家は五千石の大身ゆえ安心して貸付けていましたが、このうえに二十両を貸付ければ、借受金が九十両余、天利の利息を入れれば九十五両以上の百両近くになり、いくら広川家でも、百両の返金は本途（ほんと）に間違いないのか無性に不安になったと、言っておりました」

六平は、細い目を人がよさそうにさらに細めて続けた。

「しかし、ここまで借受金が増えてから無理なとりたてをして、大家の広川家との間が拗れては、父が、無役で家禄を受ける身でありながらあくどい金貸とは、と誹りを受けかねず、また、組頭や小普請支配の咎めを受けて笹山家にもっと拙い事態が降りかかってはと、その心配もあって、仕方なく次の六月晦日縛りの期限までに全額の返金を約束させて、借受金を九十両ちょうどにして証文を書き替えたのです。それで、せめて、ほかの方々にはない、定めの通り返金延滞の儀御座候はば、の一文を書き足したと聞きました。九十両に加えた五両一分某の分は、助右衛門さんが、こちらも腹をくっており、旗本の面目にかけて返金いたすゆえ、天利の分も借受金にしてくれ、と逆に注文をつけられ、父は折れざるを得なかったのです。それで、助右衛門さんは、五両一分某の利息分の天利と証文書き替えの筆墨料だけをおいていかれたようです」

市兵衛は呆れたが、六平は、はい、と無邪気に頬笑んでいる。

市兵衛は七枚の証文をそろえ、帳簿の上に重ねて風呂敷包みにした。

「では六平さま、とりたてに出かけることといたしましょう。わたしが供をいたしますので、これはわたしがお持ちします」

「よしなに、お願いいたします」

「どちらのお客から始めますか。お指図をお願いいたします」

「はあ、わたしがいきなり訪ねたら、とりたてと察して、居留守を使われるかもしれないな。気が重いな」

「そのときは、改めて出直すしかありません。六平さまがお父上の名代です。いくしかありません」

「お役目に就いておられる方は、下城なさる夕刻以降のほうがよいと思います。今日は逢対日でもありませんので、小普請の方から訪ねるといたしましょう」

「広川助右衛門さまは、いつお訪ねになりますか。お父上は、広川さまのとりたてを一番気にかけておられました」

「助右衛門さんのことは、虎之御門外の広川家のお屋敷をお訪ねするわけにはいきません。わたしに考えがあります。少々お待ちください」

六平は言いながら、よほど気が重いのか、物憂げに大きな肩をすぼめ、すぐには動かなかった。

二

市兵衛と六平は、汐留(しおどめ)川に架かる新橋(しんばし)を芝口(しばぐち)へ渡った。

芝口丁の大通りから、途中、愛宕(あたご)下の武家屋敷地を抜け、城山(しろやま)下の新下谷(しんしたや)町から車坂(くるまざか)町と天徳寺(てんとくじ)裏門前町の、天徳寺境内の鬱蒼(うっそう)とした樹林が、門前(もんぜん)町の瓦葺(かわらぶき)屋根の上に高く覆う往来に差しかかった。

鳥影が樹林の間を、気ままに飛び交っている。

六平はいき先を心得ているふうだが、市兵衛に言わなかった。

「六平さま、どちらのお屋敷をお訪ねですか」

市兵衛が声をかけると、六平は歩みを止めてふりかえった。そして、心なしか不安そうに細い目を市兵衛に向けて言った。

「唐木さん、用を一件済ませたいのです。じつは、父の用ではありません。わたし一個の用です。大した用ではありませんので、少しだけわたしの用にも手を貸していただけませんか。父の用は、そっちを済ませてから向かいますので」

菅笠(すげがさ)を持ちあげた額(ひたい)に、玉の汗をかいていた。

「承知いたしました」

市兵衛はこたえたが、少々意外な気がした。

往来の天徳寺裏門前町側の表店の並びに、小ざっぱりした茶屋があった。

茶屋の店の間と店の間伝いに奥へ通る土間が、往来に戸を開いている。

瓦葺屋根の軒下に、《おやすみ処》と記した旗がさがって、軒柱にかけた板札に《手打生そば》と読めた。

まだ朝の四ツ（午前十時頃）前、店の間にははや何組かの参詣客らしき姿があった。店の間続きに、間仕切の障子戸を両開きにしたひと部屋があって、そこにも客がいた。

「ここです」

六平は大きな身体を縮めて、茶屋の戸をくぐった。

よく肥えた大柄に、浅葱に菊菱小紋の派手派手しい着物姿の六平が土間を通るのを見て、店の間の客が唖然としたり、驚いたような笑みを寄こした。

「お入んなせ」

襷がけの茶屋の女の声がかかった。

茶屋の女にこくりと頷いた六平は、慣れているかのように奥へ通り、丸い腹の下の刀をはずして奥の部屋にあがった。畳がたわみ、床が軋みをたてて震えた。

奥の部屋の客も、低い天井に菅笠が届きそうな六平を、呆然と見あげた。背は市兵衛のほうが高いくらいだったが、市兵衛には見向きもしなかった。

部屋の一隅に中年の武士の先客がいた。上着も袴も目だたぬ装いだった。

武士は六平の連れらしき市兵衛へ目を寄こし、六平がひとりではなかったことが不服そうに眉をひそめた。

六平は武士の前に着座し、菅笠をとって、懐から出した手拭で顔の汗をぬぐいながら言った。

「砂川さん、お待たせいたしましたか」

「なあに。大したことはありません」

武士は、市兵衛が六平の隣に着座し、菅笠をとって右わきに寝かせた刀と風呂敷包みに重ねる仕種を、訝し気に目で追った。そして、

「どうせ閑居の身ですから」

と、六平へ向きなおって仕方なさそうに言い添えた。

茶屋の女がきて、六平と市兵衛は煎茶を頼んだ。

「砂川さん、こちらは唐木市兵衛さんです。父が病で寝こんでおり、例の仕事が

できる状態ではありませんので、仕方なく、勘定が苦手なわたしが父の命令で名代を務めねばならず、急遽、唐木さんに勘定の助役をお頼みした次第です。よって、この場にも同座をしていただきます。唐木さんには勘定をお願いするだけですから、決してご懸念には及びません」

六平が、言いわけがましく言った。

「なんと、ご隠居が病に？　もしかしたらこの夏の流行風邪ですか」

「はい。じつはそうなのです」

「それはいけませんな。この夏の流行風邪は、お年を召した方に重篤に陥る場合が多いと聞いております。お大事になさいますよう、お伝えください」

「ありがとうございます。唐木さん、この方は砂川富三郎さんです。組は違うのですが、笹山家と同じ小普請にて、組頭の下で世話役などをなさっておられます」

「唐木市兵衛と申します。本日より、笹山家に勤めております」

「砂川富三郎です。同じ小普請でも、笹山家とは比べものにならない家禄わずか百俵余の、しかし、これでも代々お目見以上の旗本です。わけあって小普請入りして以来、御番入りがかなわぬままです」

そこへ、茶屋の女が煎茶の湯呑と菓子を添えて運んできた。

富三郎は、市兵衛が茶を喫する仕種を見つめて言った。

「すると、唐木さんはご浪人さんだったのですな。国で食いつめ、食い扶持を求めて江戸へ出てこられたとか」

「生まれは江戸です」

「江戸ですか。江戸のどちらのお生まれで？」

市兵衛がこたえるのをためらっていると、

「おこたえにならないところをみると、相わかった。算盤勘定の心得がある元は小商人とか手代らが、勘定が不得手な武家の台所勘定を引き受けて、その間は二本差しが許されている渡り用人とかの、あの類のご浪人さんですな」

「違うのです、砂川さん。唐木さんは由緒あるご一門のお生まれなのです。他人はいざ知らず、ご自分のお考えでご一門を出てご浪人の身となられ……」

と、六平が額の汗を拭きふき言った。

「ほう、由緒あるご一門ね。ならば元はお旗本ですな」

「六平さま、わたしのことではなく、砂川さまのご用を進められては」

市兵衛は富三郎のにやついた物言いを受け流し、六平を促した。

「おう、そうでした」

六平は、汗をぬぐっていた手拭を肩にかけ、懐から紙入れを抜き出した。紙入れの中の小さく折った紙片をつまみ、かさかさと鳴らして広げた。

「砂川さん、こちらが夏の蔵米縛りの証文です」

と、富三郎の膝の前に広げた紙片をおいた。市兵衛はひと目で、

借受申金子之事、

一、金七両也

と、続く少々乱雑な文字を読んだ。

明らかに、卯平の書いた証文ではなかった。

「これに金八両を借り増しにして、合わせて金十五両の借受金にしたいと、ご要望ですね。砂川さん、金はなんとか工面いたしました。しかし、父の決まりで十両以上の年利は、一割八分にしております。それでも、かまわないのですね」

「背に腹は代えられません。それでけっこうです」

「そうしますと……」

「お上公定の一両四千文で換算いたし、十五両の一割八分が二両二分三朱と五十文。これを蔵米の三季にわけて、冬の蔵米までの利息は三分二朱と百文。それを

天利にいたし、あとは書き替えの筆墨料が、十両以上は借受金の一分ということで、二朱と百文。天利と筆墨料を合わせて一両と二百文になります」

富三郎が咄嗟に、そらで勘定をした。

「は、はい。それでよろしゅうございます。では……」

と、六平は市兵衛を一瞥してから、もう一枚の紙片を紙入れよりとり出し、同じく開いて先の証文に並べた。

「こちらが書き替えの十五両の借受証文です。本日の文政八年酉八月と、砂川さんのご姓名と判をお願いします」

六平が紙入れから小判をつかみ出し、肉の厚い大きな掌に載せた。

「失礼。拝見いたします」

市兵衛は、富三郎の膝の前に並べた二枚の証文をさりげなく手にとった。

「あっ、何をする」

富三郎が矢立から出した筆で証文を追いながら、気色ばんで市兵衛を睨んだ。

かまわず、市兵衛は六平に質した。

「六平さま、六平さまの一個のご用とは、これのとりたてのことなのですか」

「は、はい。この夏の初めに、砂川さまが手元不如意のため暮らし向きが思わしくなく用だてて欲しいと頼まれ、用だてて差しあげました」

一枚は、夏の初めの四月に七両を富三郎が六平から借り受け、秋の初めの七月晦日に返金するとした証文。一枚は、七月の返金が延滞となって、しかも、新たに八両を借り増しにした合わせて十五両の借受金を、冬の十二月晦日までに返金すると書き替えた証文だった。

天利は証文には記していないが、二人の遣りとりから、十両にならぬ借受は年利一割五分、十両以上からは一割八分に違いなかった。

どちらの証文も、卯平の証文と同じ文言ながら、乱雑な文字で、六平が卯平の証文を真似て書いたのは明らかだった。

「この四月の貸金は、どのようになさったのですか」

「わたしの手持ちがございましたので、それでご用だてていたしました」

「では、そちらの借り増しの八両もお手持ちの金子なのですか」

「この八両は、母に無心をして工面いたしました」

昨日、六平が暇さえあれば母親のいる奥へいき、埒（らち）もない戯言（ざれごと）に耽（ふけ）ってときを徒（いたずら）にすごし、それでも天下の旗本か、と卯平に叱られていたことを思い出した。

「お父上は、六平さまの貸付をご存じではないのですね」

「ですから、これはわたしの一存でお貸ししたのです」

「砂川さま、貸付をなさっておられるのは、六平さまではなく、お父上の笹山卯平さまです。手元不如意のために借受金を申し入れられるのなら、何ゆえ、笹山さまにお頼みにならなかったのですか」

「唐木さん、それはですね、砂川さんは父のずけずけと物を言う気性をよくご存じですから、どうしても頼みづらく、わたしに相談なされたのです。以前より、砂川さんの苦しい台所事情はうかがっておりましたので、父には内緒にてご融通いたしました。と申しましても、父と同じ高利ならばと念を押し、砂川さんもそれを了承なされました。ですから、天利も筆墨料もちゃんといただいており、損をしているのではありません。儲かっているのです。唐木さん、どうかこのことは父には内分に願います」

「利息や証文の筆墨料の勘定は、砂川さまにお任せしておられるのですか」

「砂川さんは勘定の苦手なわたしと違い、勘定がおできになります。それで、お願いいたしました」

「ご不審ならば、その証文の借受で利息と筆墨料がいくらになるか、もう一度申しあげましょうか」

富三郎が、市兵衛の手にした証文を指して口を挟んだ。

「それが不審なのではありません」

「ならば、何がご不審なのですか。よろしいですか、唐木さん。貧乏旗本でも、天下の旗本は旗本。体面やら面目があるのです。お気楽な浪人とわれら旗本では、身分が違うのです。腑に落ちぬので言わせていただくが、唐木さんはどういう役割でここにおられるのか。わたしは笹山家ご嫡男の六平さんに、恥を忍んで借受をお頼みしました。武士は相身互ゆえ、六平さんは快く借受を承知くだされた。唐木さんは、六平さんの供をしてこられた臨時の勤め人ですな。すなわち、例え臨時であっても家臣、所詮、奉公人の分際だ。奉公人の分際が、主人の決める事柄に知ったふうに口出しするのは、僭越ではありませんか」

「わたしは笹山卯平さまに雇われ、六平さまが笹山卯平さまの名代として、貸付金のとりたて、あるいは証文の書き替え、借り増しなどをお決めになる際の、金勘定の助役を申しつかっております。金勘定をするうえで、名代の六平さまがお決めになった貸付の子細を把握し、そのご判断と貸付が適宜かどうか、助役としてご意見を申しあげるのは、当然の役割と心得ます」

「こじつけだ。埒もない」

富三郎は顔をそむけた。

市兵衛は六平に言った。

「六平さま、証文の書き替えをおとめするのではありません。ただ、砂川さまに念のために確かめておきたいことがあります。お許しを願います」

六平は戸惑い、市兵衛から富三郎へ向いた。

「砂川さん、唐木さんのお指図に従うようにと、父より言われております。むろんこのことは父には申しません。ですから、少しだけかまいませんか」

「六平さんは笹山家千五百石のご当主なのだから、ご自分の思う通りになさればよろしいのだ。なのに、高が浪人の助役ごときに気を使われて。しかし、わたしも貧すれば鈍するですな。仕方がない。唐木さん、こちらの弱みにつけこんで嫌がらせをしたいのなら、ご存分に」

富三郎は顔をそむけたまま、湯呑をとり、冷えた茶を一服した。茶屋は客が出たり入ったりしながら、だんだん賑わいを増していた。

市兵衛は、二枚の証文を富三郎の膝の前に戻した。

「砂川さまの家禄は百俵余と言われましたが、百俵といかほどで」

「百十俵です。ただし、札差に金一分と百文余の手間代が要りますが」

「札差に借受金は、ございますか」

「春夏の借米と冬切米の時期に、ほぼ決まった額を借りてはいるが、春勘定、夏勘定、冬勘定でその都度清算しており、暮らしの負担になるほどの借金は抱えておりません。この四月に六平さんより七両を借り受けたのは、拠所ない要り用のため、やむを得なかった。六平さんのご厚意により助けられました」

「しかし七月に返金ができず、八両の借り増しをされるのですから、拠所ない要り用は今もまだ続いているのですね。砂川さま、拠所ない要り用とは、どのような要り用なのですか」

「唐木さん、浪人の身で無礼ではないか。それはわたしの勝手だ。今日初めて会ったあなたに、詮索される筋合いはない」

「無礼は承知いたしております。何とぞ、お許しください。しかし、砂川さまは、夏の借米の支給の折り、拠所ない要り用があったにもかかわらず、札差に借金はなさらなかった。六平さまの借受金の七月の期限に返金ができず、新たに八両を借り増しにして証文の書き替えを求めておられます」

「決まっているではありませんか。札差に借りなかったのは、四月に六平さんから借り受けた金子で用が足りたからです。残念ながら、七月に返金ができず、またそののちも要り用があり、仕方なく借り増しをして証文の書き替えを頼んだのです。六平さんは快く承知してくだされた」

「六平さまはなんの形もなく、お父上にも内分にして、砂川さまに十五両もの貸付をなさるのです。砂川さまの拠所ない要り用のために貸付け、次の期限の冬に返金ができなければ、もう内分にしておけなくなります。いずれ、この借金が明らかになるのは目に見えています。砂川さまは、今さえ凌げばいいと捨て鉢なお考えで借金をしておられるのではありませんか。この借金は、砂川家の方々もご存じではない借金なのではありませんか」

六平は困惑を目に浮かべ、市兵衛と砂川を交互に見かえした。しかし、富三郎は鼻先であしらうようにそっぽを向いている。

「試しに、勘定をしてみます。わたしはそらではなく、自分の算盤を使って勘定いたします」

市兵衛は懐中算盤を懐から抜きとった。

「六平さま、砂川さまのお屋敷には、砂川さまも入れて幾人の方々がお暮らしか、教えていただきたいのですが」

「は、はい。ええっと、砂川さんのご高齢のお祖母さまと、隠居をなさっておられる砂川さんのご両親に、砂川さんと奥方さまと八歳の満之助さん、それと下僕と下女が確か二人、そうですよね、砂川さん」

ふん、と富三郎は不快そうに唇を歪めた。

「すると、男四人と女四人の八人の方々が、家禄百十俵にてお暮らしですから、飯米は男が日に五合、女が四合として、一升と一升六合の三升六合。今年は閏月はありませんので、一年三百五十五日分として、三斗五升俵のおよそ三十六俵と一斗七升、八升近くになります」

市兵衛は言いながら懐中算盤を指先で軽やかに鳴らし、六平が指先に見入った。

「すなわち、家禄百十俵より飯米分を除き、残りが七十三俵と一斗七升ほど。一斗七升は予備に廻すとして、三斗五升俵七十三俵は、当代の米相場でおよそ二十四両一分余になります。小普請金は、家禄百俵から五百俵までの方は百俵ごとに一両二分と聞いておりますので一両二分。下僕と下女の使用人が二人の給金が下僕が二両二分に下女が二両として四両二分ほどでしょうか。札差の手間代は、百俵につき一分ゆえ百十俵で一分と百文。札差の借金返済は、新たな借金で補っておられるようですから、それらの諸費用を除きますと、砂川家には十九両ほどが残る勘定になります。当然、旗本のご身分にかかわる親類縁者とのつき合いや祭祀などの諸費用が欠かせないのはわかります。しかしながら、充分ではないとしても、この金額では暮らしに窮し、四月に七両、さらに本日の八両の合わせて十五両、利息を引いて十数両の借金が要り用になるとは思えません」

富三郎が、そっぽを向いていた顔をゆるりと市兵衛へかえした。眉を険しくひそめ、冷やかに市兵衛を見つめた。

「思えなかったら、なんですか」

と、忌々しげに低い声を寄こした。

六平は大きな身体を小さくすぼめて、小判をにぎった拳を膝におき、気まずそうに目を伏せていた。

「勝手な推量をいたしますと、それだけの借金が要り用というのは、砂川家の方はご存じでない賭場での借金、あるいは遊里の馴染に散財、あるいは、どなたかを町家の裏店に住まわせて……」

「だとしたら？」

富三郎の声が大きくなった。その声に驚いて、周りの客がふり向いた。

六平は顔をあげ、細い目を見開いて富三郎を見守った。

「金勘定の助役として、笹山卯平さまの名代の六平さまに、これでは八両の借り増しに応じられても、冬の返金が済まされるあてはありませんので、証文の書き替えは、今の七両の延滞のみになさいますよう、助言をいたします」

「胡乱な浪人者が、知りもせぬくせにあれこれ知ったふうにほざきおって。無礼だぞ、おぬし」

富三郎は、刀をつかんでいきなり立ちあがった。怒りに駆られ、顔色が見る見る赤く急変していった。

六平が怯え、着座のまま肥満した上体を仰け反らせ、後ろに手をついた。

茶屋の賑わいが、富三郎の怒声でぴたりと止んだ。客の目が、怒りに赤らんだ形相で立ちあがった富三郎へ一斉にそそがれた。

「何とぞ、ご無礼はお許し願います」

市兵衛は、膝に手をそろえて頭を低くした。

「こんな不愉快なことは、は、初めてだ。人を愚弄するにも、ほどがある。不愉快極まりない。六平、わたしは帰る」

富三郎は、袴の裾をさっとひるがえした。

富三郎の姿が茶屋から消えると、店中の一瞬の緊張が解けて、客の賑わいがざわざわと戻ってきた。

「ああ、吃驚(びっくり)した。わたしは、斬(き)り合いが始まるのかと、どきどきしました」

六平が荒い呼吸で肩をゆらしながら、ほっとした口調で言った。

「申しわけありません。砂川さまを怒らせてしまいました」

市兵衛が言うと、六平は人がよさそうに目を細めた。

「いいんですよ。でも、わたしは八両をお貸ししても、かまわなかったんですが。砂川さんも、きっといろいろと面白くないことが、おありなんでしょう。わかるんです。わたしもそうですから」

三

砂川富三郎の件があったあとの半日と、その翌日がすぎた三日目だった。

市兵衛と六平は、七枚の借受証文のとりたてに借受人を訪ね廻り、三日目のその夕方までに訪ねることのできた相手は、四人にしかならなかった。

一人目は同じ小普請の八十石余の御家人だった。屋敷を訪れると、当人は流行

風邪ゆえ起きることもままならず、六平も顔見知りの妻が応対に出て、

「まあ、笹山さまもこの夏の流行風邪で……」

などと長話が続き、それからは台所事情の苦しい訴えを聞かされた末に、どうにか五両の借受証文の書き替えと、三季に分ける年利一割五分の十二月晦日までの天利と、二分の筆墨料を受けとるのに半日以上を要した。

二軒目は牛込の御先手組、三軒目は青山百人町の中之口番で、どちらも三番勤めに就き、御先手組が七両、中之口番が三両の借受だった。だが、その二軒も組屋敷を訪ねて長々と待たされたうえに証文の書き替えになって、砂川富三郎とその三軒だけで、結局、丸二日がすぎていた。

三日目は朝から、日本橋浜町の納戸衆の旗本屋敷を訪れた。

その日は明番と聞いていたのに、当人は早朝より出かけ、戻ってきたのは昼すぎの八ツ（午後二時頃）前だった。

借受金は十八両の大金で、旗本は銀相場や米相場、あるいは近ごろ流行りの紅花相場にも手を出し、その損失の補塡に一年前から借り受けていた。

借り増しこそないものの、返金はできずに証文の書き替えが続き、その日も戻ってくるなり、十日待ってほしい、どんなに遅くとも二十日までには上方より

為替が届き、すべて綺麗に返金いたすあてがある、と言われた。

「そうですか。ならばいたし方ありません」

と、名代の六平があっさり引きさがったため、これからまだもう一件出かける用があるので、と追い払われるように屋敷を退出させられた。

結局、市兵衛は七枚の借受証文のとりたての、まだ一件もできていなかった。

なるほど、そういうものか。

と、借金のとりたてのむずかしさが身に染みた。

しかし、その戻りの浜町河岸の往来をいきながら、六平が言った。

「唐木さん、今日はこれから、広川助右衛門さんのとりたてにいきますので、よろしいですか」

六平は、広川助右衛門のとりたては、自分に考えがあるので、「少々お待ちください」と言っていた。

「承知いたしました。広川助右衛門さんは今日はお出かけゆえ、そちらへうかがうのですね。もしかして、昼間から賭場では」

市兵衛が訊くと、六平は、

「まさか」

と、苦笑いを浮かべた。

「駿河台下です。助右衛門さんは、今日は駿河台下の肝煎のお屋敷に出かけておられるはずです。われら無役は、毎月決まった逢対日があって、その日は小普請支配を訪ねて、御番入りを志願せねばならないのです。支配は差し含んでおくとこたえますが、当世、御番入りできる役目などありませんから、差し含んでおくだけですけどね。上役への儀礼の挨拶のようなものです」

「お父上から、《つとめる》とお聞きしました」

「それそれ。寄合も無役ですので、自分の組の肝煎を訪ねて、御番入りを志願しなければならないのは小普請と同じです。助右衛門さんは、今日は間違いなく駿河台下の土屋さまへつとめていらっしゃいます。その戻りにお声がけして……」

「なるほど。駿河台下なら、広川家に気づかれる心配はありません」

「はい。でも、助右衛門さんはわたしがとりたてにきたと知ったら、きっと、嫌な顔をするだろうな」

　六平は気が重そうに言った。

「唐木さん、見えました。あの方です」

六平が、四軒町の角から神田橋御門外の往来を見やったまま市兵衛に言った。

駿河台下の往来には、夕七つ（午後四時頃）前の天道が武家屋敷の土塀や長屋門の影を落とし、人通りのないひっそりとした気配がたちこめていた。

ただ、秋の半ばが近づいているのに、ここでもまだつくつくぼうしの声が寂しげに聞こえている。

その往来に、土屋家の長屋門のわき小門からくぐり出てくる三人が見えていた。

黒羽織の侍と供侍らしき茶羽織、黒看板に挟み箱をかついだ中間だった。

「前をいく黒羽織の方ですね」

「そうです。いきましょう」

三人は黒羽織を前に神田橋御門のほうへとっていて、六平と市兵衛はそのあとを追う恰好で、歩みを進めた。

さほど急ぎ足でもないが、前方をゆく三人の歩みはだらだらとのろく、両者の間は見る見る狭まっていた。

太った身体をゆすりつつ後ろから近づいていく六平と市兵衛に、三人は神田橋御門外の広小路近くまできて、ようやく気づいた。

中間が六平へ見かえり、あっ、という顔つきになった。

六平は荒い吐息をもらしつつ、中間へ会釈代わりに愛想よく笑いかけた。

中間は茶羽織のほうへ向きなおって、「藤田(ふじた)さま」と小声をかけた。

供侍は小柄な若い男だった。

「なんだ？」

とふりかえり、これも六平と市兵衛が後ろに近づいているのが意外そうに、あぁ？　という顔つきを見せた。

六平と市兵衛はともに上背があり、殊に六平はでっぷりと太っているため、にこやかな笑みを浮かべても供侍は威圧を受けたらしく、二人を訝しむように見かえり見かえりしながら、神田橋御門外の広小路に出た黒羽織のあとに従っていた。

「助右衛門さん」

六平が広川助右衛門へ呼びかけ、助右衛門は歩みを止めてふり向いた。六平と市兵衛を見つけ、憮然(ぶぜん)としてその場に佇(たたず)んだ。

供侍が身をかえし、いく分厳しい口調で問い質した。

「どちらさまで」

「笹山六平でございます。助右衛門さんとは、以前よりご懇意にしていただいております。助右衛門さん、どうも。笹山六平です」

六平は菅笠を持ちあげて、親し気な会釈を助右衛門に送った。

しかし、助右衛門は人通りのまばらな広小路の中ほどに半身を向けて、言葉も会釈もかえさず六平と市兵衛を見つめている。

「旦那さま、笹山六平と申される方が……」

供侍が取次ぐと、

「わかっておる」

と、素っ気なく言い、供侍に最後まで言わさなかった。半身の姿勢の胸を反らし、心なしか煩わしそうな素ぶりだった。

西日の射す広小路の向こうには、神田橋御門の櫓がそびえ、本丸下の曲輪を囲う御濠に石垣と白壁、そして、白壁の上の空に松などの常磐木が鬱蒼と繁っている。

六平と市兵衛は助右衛門に歩み寄り、二間半（約四・五メートル）ほどをおいて辞儀をした。六平は身体を起こし、親しみのこもった声をかけた。

「助右衛門さん、お会いできてよかったです」

助右衛門は何も言いかえさなかった。冷やかに六平を見つめ、それから、六平に従っている市兵衛へ空虚な眼差しを寄こした。

顎の細い面長な顔だちに、大きな目鼻と尖った唇の間に反っ歯がのぞいていた。月代が目だつほど頭が大きく、背丈もあった。

黒羽織の下に霰小紋の小袖と茶の袴の軽装に、二刀を帯びている。

二十九歳と聞いたが、もっと年上に見えた。

「しばらくお会いしておりませんでしたので、どうしていらっしゃるかなと、気にかかっておりました」

すると、助右衛門が無造作に言った。

「六平、なんの用だ。今日は肝煎の土屋さまをお訪ねする用があったのだ。大事な御番入りのご相談だ。自分が暇だからと言って、こんなところまでのこのこと訪ねてこられては困るのだ」

六平の親しみをこめた様子とは、だいぶ違っていた。六平は、咎められた子供のように大きな肩をすくめた。

「申しわけありません、助右衛門さん。暇だからきたのではないのです。虎之門のお屋敷にはうかがえませんので、以前、万徳院でご一緒した折り、次の土屋さまの逢対日が本日と、うかがっておりましたので……」

「万徳院のことは口に出すな。言葉に気をつけろ」

助右衛門は声をひそめて、六平を叱りつけた。そして、少し離れたところに控えた供侍と中間へ意味ありげな一瞥を投げた。

「あ、はい、相済みません」

六平は慌てて掌で口を覆い、俯（うつむ）いた。

助右衛門は黒目がちな二重の険しい目つきを、また市兵衛に寄こした。

「こちらは？　六平の供か」

語調が冷淡だった。

「唐木市兵衛と申します。笹山卯平さまのお指図により、名代の笹山六平さまの助役にお供をいたしてまいりました」

「笹山卯平の名代だと。六平、卯平がどうかしたのか」

「はい。流行風邪にやられまして、今は起きるのもむずかしく……」

「卯平が流行風邪にやられた？　爺（じじ）いどもがばたばたとやられておる流行風邪に、卯平が罹って起きられぬのか。ほう、卯平め、日ごろより人の恨みを散々買っておるゆえ、それが祟（たた）ったのだろう。それは厄介だ。あの卯平もこれまでか」

「いや、柳橋の柳井宗秀先生がついてくださいますので、重篤ではありますが、今はまだなんとも申せません」

「柳橋の柳井宗秀？　ああ、聞いたことがある。名医だそうだな。ふん、いかに名医だろうと、流行風邪には手も足も出ぬではないか。それで、六平が卯平の名代でこの刻限になんの用がある」

　わかっているにもかかわらず、助右衛門は白々しく言った。

「助右衛門さん、ですから今日は父の名代で、六月晦日縛りの……」

「待て」

　と、助右衛門は言いかけた六平を止め、「藤田」と供侍を呼んだ。

「承ります」

　と、駆け寄った供侍に言った。

「この男は昔馴染なのだ。久しぶりに会って、懐かしい。少々古い話をしていくゆえ、おぬしと貞次は先に屋敷へ戻っておれ。戻りはわたしひとりでよい」

「それでは勤めが果たせません。奥方さまがご不興になられます。わたくしどももお供をいたします」

「堅苦しいことを申すな。積もる話があるのだ。いいから先に帰れ」

「しかし……」

「家の者に土屋さまの面談のことを訊かれたら、戻ってから話されますと、適宜に言うておけ。さあいけ。いけいけ」

助右衛門が手をひらひらさせて、供侍の藤田と中間の貞次に、さっさといくように命じた。二人は顔を見合わせ困惑した。仕方ないという素ぶりを見せ、

「では、われらはお先に……」

と、御濠端の土手道を一橋御門のほうへ去っていった。

「身分とは堅苦しいものだ。ひとりで気ままに出かけるのもむずかしい」

助右衛門は、供侍と中間が御濠端に小さくなるのを見送りながら言った。それから、「で？」と、また気づかぬ態で訊きかえした。

「六月縛りの借受金の返金を済ましていただくために、こちらにお訪ねした次第です。もうひと月以上がすぎておりますので」

「なんだ、それのことか。名代などと大袈裟な。それならそれと、さっさと言えばよいではないか。卯平がこぬから、すっかり忘れていた。それで、わたしの借受金は、いくらなのだ」

「は、はい。唐木さん」

六平は助右衛門のあっけらかんとした返答に動揺し、市兵衛へ助けを求めるように言った。

「九十五両一分二朱百文でございます」

市兵衛が即座にこたえると、助右衛門はねっとりとした眼差しを市兵衛へ向け、薄笑いを見せた。

「当然、借受証文は持っておるのだろうな」

「持参しております」

市兵衛は、証文の入った手文庫を風呂敷にくるみわきに抱えている。

「相わかった。六平、少し遠いが、安針町に界隈の職人や手代相手に呑ませる酒亭がある。御公儀の下っ端の役人らも勤め帰りに寄る古い酒亭だが、これが案外に下り酒を呑ませるのだ。大手門の勘定所に出仕していたころ、勤め帰りにしばしば寄り道した。一杯やろう。おぬしともしばらく会っていなかったしな」

助右衛門は六平の返事を待たず、鎌倉河岸のほうへさっさといき始めた。神田橋御門外の広小路は、人の姿が少なく広々としているが、御濠端を東へ二、三町行った先の鎌倉河岸では、人の往来が目についた。

河岸場にも船がいく艘も停まっている。

六平は大きな身体を縮めて、供のような恰好で助右衛門の後ろに従った。

四

室町の大通りから高砂新道をとり、まだ夕方の明るい安針町の小路の一角に、低い軒庇に吊るした赤提灯のおぼろな明かりが灯っていた。

赤提灯に、酒、の太い文字が読めた。引違いの腰高障子の表戸に《川しな》と標してあり、縄暖簾がさがっていた。

酒亭に入ると、前土間に縁台が並び、畳敷の小あがりがある。

前土間の一角に、段梯子が低い天井の切落し口へのぼっていた。助右衛門は馴染の亭主に天井を指差し、

「酒と煮つけだ。それと、胡瓜と茄子の粕漬もな。粕漬がぬる燗に合うのだ」

と、六平へ見かえった。

段梯子の上は、二階というより、切妻造りの屋根裏に薄縁を敷いただけの、頭がつかえて立つこともできないひと間だった。

段梯子をぎゅうぎゅう鳴らした六平は、ぎりぎりに切落し口をくぐり、四つん

這(ば)いになって床板を軋らせ、やっと着座できた。

それでも、小さな明かり窓が屋根庇と床の隙間に開けてあり、その小窓の戸を引くと、小窓の下に小路のどぶ板を鳴らしていき交う人通りがのぞけた。

近くで鳴いているらしい虫の音が、寂しげに聞こえてきた。

昼間はつくつくぼうしが鳴いていたのに、夕方には秋の虫が鳴いていた。

助右衛門は慣れた様子で胡坐(あぐら)をかいた。

市兵衛は六平と並び、助右衛門と向き合った。

前髪を落としていない小僧と亭主が、盆にのせた徳利(とっくり)と肴(さかな)の鉢や皿を抱え、段梯子をのぼってきた。ぬる燗がほのかに香る徳利や肴の器が並ぶと、助右衛門は何も言わず勝手に呑み始めた。

六平は腹が減っていて、酒と一緒に煮つけの鉢に喰らいついた。

煮つけは、鱸(すずき)に牛蒡(ごぼう)人参(にんじん)里芋(さといも)、蓮根(れんこん)茸(きのこ)を味醂(みりん)と醤油(しょうゆ)で甘辛く煮て、さやえんどうを色どりにした筑前煮(ちくぜんに)だった。

六平は食うのに夢中で、とりたての話をなかなかきり出さなかった。

助右衛門は薄笑いをうかべ、黙って杯を重ねている。

市兵衛は、ふと、三年前に五千石の旗本・広川家へ婿養子に入った助右衛門の生まれが気にかかった。養子縁組は普通、家格相応の両家で決められるが、助右衛門には、養子縁組先の広川家の家格が重荷になっているように感じられたからだ。助右衛門の生まれは、広川家とは家格の合わぬ家柄なのか。

と、不意にそんな気がした。

助右衛門は薄笑いを市兵衛へ向け、杯をすすった。

「唐木、なぜ呑まぬ。こういうところで呑むのは嫌か」

「そうではありません。酒を呑むと楽しくなり、仕事をするのが面倒になります。用が済めば、酒はいただきます。六平さま、まずは広川さまをお訪ねした用を済ませましょう」

市兵衛は六平を促した。

六平は煮つけの鉢を盆に戻し杯を勢いよくあおって、うむ、と口の中の物を呑みこんだ。

「そうでした。肝心な用がありました」

それから、指にまで毛の生えた分厚い掌で口をぬぐい、その掌を今度は散々汗を拭いて汚れた手拭でまたぬぐった。

「助右衛門さん、そういうわけですので、六月縛りの借受金の返金を、済ませていただきますよう、お願いいたします。証文は……」

市兵衛はすでに、風呂敷包みを解いて手文庫より一枚の借受証文を出していた。それを助右衛門の胡坐の前においた。

「これでございます」

黄ばんだ角行灯(かくあんどん)のほの明かりが、屋根裏部屋の暗がりを透かして証文の文字に射した。広川助右衛門の氏名と捺した朱の印が、ぼうっと照らされた。

助右衛門は杯を舐(な)めながら、気のない素ぶりで証文を見おろしていたが、やおら大きな丸い目を持ちあげ、六平を凝(じ)っと睨んだ。

六平はそわそわした。細い目をさらに細めて、作り笑いをかえした。

「で、六平、これがなんだ」

助右衛門が声を低くして言った。

「は、はい。ですから、この証文にあります助右衛門さんの借受金の、返金をお願いしたいのです。お約束の期限は六月の、みみ、晦日でした。だいぶすぎておりますので、病の床で父も気にかけております。助右衛門さん、これ以上遅くならぬように、そろそろ返金を済ましていただきたいのです」

「相わかった。卯平の名代としてのおぬしの意向は、承った。返金はする。だが、いずれな。今は返金したくとも、返金する金がない。よって、証文の書き替えを頼む。利息と筆墨料は払うのだから、金貸はそれで異存はなかろう」

助右衛門は真顔を六平へ向けたまま、杯をあおった。

六平は助右衛門に真顔で見つめられ、そわそわしている。

「広川さま、それではお約束が違います」

市兵衛が言うと、助右衛門は六平に向けていた目を市兵衛へ廻した。

「助役が、何か言いたいのか」

「広川さまは、笹山卯平さまの借受金の三月晦日縛りの返金ができず、次の六月晦日縛りまで延滞する証文の書き替えと、新たに二十両の借り増しを求められました。それでは借受金が九十両となり、しかも、これまで借受金の返金は一度もなく、笹山さまは二十両の借り増しにも証文の書き替えにもためらわれました。ですが、ただ今のように、返金したくとも返金する金がない、などと申されましては埒が明かず、仕方なく次の六月晦日縛りの期限には全額を返金する約束を交わされ、借受金を九十両までに増して、証文の書き替えに応じられました。この証文の九十両に加えた五両一分某の分は、広川さまが、ご自分も腹をくくっており旗本の面目にかけて返金いたすゆえ天利の分も借受金に加えるように、と逆に注文をつけられ、笹山さまはそれにも応じられました。この証文には、定めの通り返金延滞の儀御座候はば、広川家持分の田地米にて相応に相渡し申すべく候、という一文を書き添えられております。この一文の書き添えは、広川さまが六月晦日縛りの返金を、旗本の面目にかけて、固くお約束なさったからではございませんか」

「唐木、口数が少ないと思っておったのに、案外、口は軽いのだな。しかも、繰りかえさずともわかっておることを、くどくどと廻りくどい。返金ができなければ、旗本広川家の田地米を借受金相応分をとりあげ、広川家の面目を潰して恥をかかせるぞ、と脅すのだな。ふん、素浪人の分際が出しゃばりおって」

助右衛門は薄笑いを浮かべている。

「だがそうなると、家禄千五百石の笹山家が、無役の身をよいことに、同じ武家相手に金貸で稼いでおると、御公儀に知られることにもなるわけだな。天下の旗本が座頭金やら烏金やら日なし貸やらの、町家の高利貸と同じ稼業を働いておると表沙汰になれば、御公儀は黙っておるかな。もしかしたら、組頭や小普請支配の咎めを受けて、笹山家に拙い事態を招きはせぬか。どうだ、唐木」

「御公儀は、相対済令により金公事は受けつけず、相対で済ますべし、とのお考えです。すなわち、貸借のもめ事は相対で方をつけ、御公儀に持ちこまぬようにというお立場です。町民が暮らしの助けや様々な要り用があって、親類縁者やときには高利貸に借金をするのは致し方なく、それは旗本御家人とて同じです。札差のみならず、武士同士の貸借、武士がやむを得ぬ要り用の生じた武士に形のない高利で融通するのは、珍しいことではありませんし、それは御公儀もご承知の事情です。仮令(たとえ)、田地米を形にとったとしても、そうせざるを得ない事情ならば、御公儀はお口出しをなさらぬと思われます。もしも笹山家の悪い噂(うわさ)が広まり、小普請頭、小普請支配の訊きとりがあれば、広川さまとのこれまでの貸借の内情を詳(つまび)らかにして、笹山家は弁明に相務めることになります。五千石の大家であっても、百両近い借金は大金です。笹山さまは病床につかれたのち、広川さまの借受金の返金を気にかけておられます。広川さま、一度返金を綺麗に済まされ、改めて貸借のご相談をなされてはいかがでしょうか」

すると、六平が肥満した上体を前のめりにして言った。

「助右衛門さん、父が流行風邪にやられて、本途(ほんと)に弱っているんです。この流行風邪で年寄がばたばたとやられていますから、仰(おつしや)った通り、もう長くないかもしれません。父は、ずっと小普請の無役のまま、御公儀のなんのお役にも就けず年寄になりました。口にこそ出しませんが、内心ではこれでも自分は武士かと、無役を恥じていると思うんです。父の金貸は、金に困っている知り合いに利息を払うゆえと融通を頼まれ、代々の家禄があって暮らしに不自由はなかったので、用だてたのが始まりだったと聞いています。金貸を始めるつもりはなかったんです。今では、金の亡者みたいになっていますけどね。そろそろお迎えのくるころゆえ申しておくと、父の遺言を聞かされました。おまえは自分には似ずできが悪い。よって、御番入りができぬのは仕方がない。おまえにはがっかりさせられ通しだから、もう諦めておる。ただし、自分亡きあと金貸はやめておけ。博奕には二度と手を出すな。父の貸付けた金のとりたては、無理をせず、ゆっくり済ませばよい」

助右衛門は、つまらなそうに唇を尖らせ、杯を舐めている。

「しかし、と父は申しました。助右衛門さんの借受金は百両近くになり、自分はうかうかと大金を貸付けてしまった。これを残して冥土へ旅だつのは心残りでならん。自分の目のまだ黒いうちに、助右衛門さんの借受金のとりたてを済ませて、安心させてくれとです。助右衛門さん、三月晦日縛りの返金ができず、二十両の借り増しをして証文を書き替えたとき、この六月晦日縛りの期限には、全額耳をそろえて返金を済ますと、父に約束なさったんでしょう。武士の約束ではありませんか。五千石の広川家のご当主なのですから、百両足らずの返金ならば、上手くとりつくろって、どうにかなるのではありませんか。お願いします。先の長くない父を、安心させてやっていただけませんか」

助右衛門は、申しわけなさそうに言う六平をとり合わぬ、という態で顔をそむけていた。ほっそりした顎を長い指の掌で撫で、赤い唇を歪めて口の中の物を咀嚼していた。やがて、

「金は、ない」

と、いかにも素っ気なく言った。

六平は、はあ、と落胆のため息を吐き、太い首を曲げてうな垂れた。

助右衛門は六平の落胆した様子を、横目で見て薄笑いを浮かべた。

床と屋根庇のわずかな隙間に開けた明かりとりから、路地で鳴く虫の音が聞こえている。

「困ったな」

六平が呟いた。途端、

かかか、かかか……

と、助右衛門が甲高い高笑いを、行灯一灯の薄暗い屋根裏部屋へまき散らした。

「嘘だ、六平。嘘なのだ。嘘に決まっておるだろう。からかっただけだ。真に受けたな、このできの悪い倅め」

助右衛門が喚いた。そして、愉快そうに笑いながら、顔をあげた六平の月代に音が聞こえるほどの拳骨を見舞った。

六平は、痛あっ、と月代を掌で押さえた。

「心配は無用だ。高利貸の親父の今わの際に、六平のようなできの悪い倅でも、お希み通りに広川さまのとりたてを、見事済ませましたぞと報告して、安らかに冥土へ旅だたせてやれ。親孝行をしてやれ。ぶくぶくした顔をあげて、笑え。嬉しゅうございますと言え」

助右衛門は六平の頰を、二度、三度、と叩いた。それを防ぎもせず、六平は肩を丸くすぼめ目をつむり、叩かれるままになっていた。

「明日明後日、その次の三日後だ。必ず、九十五両一分二朱百文、間違いなく返金してやる。嘘は言わん。九十五両一分二朱百文、いや、大きな声では言えぬが、そんな端金ではない大金が、わたしにはすでにあるも同然なのだ。広川家御用達の商人が、融通してくれる話がついておる。さすが、大店の商人は貧乏人相手の高利貸しと違い、堂々としたものだ。高々百両ごとき、返金はいつでも結構でございますと、言うてくれておる。それをとりにけば、よいだけなのだ。じつを言えばな、卯平のとりたてがないものだから、その金を笹山家の屋敷に届けてやるつもりだったのだぞ。あまり遅くなっては、申しわけなかろう。よかったな。嬉しいだろう。嬉しかったら笑え」

助右衛門は六平の頰を戯（たわむ）れるように叩き、六平は顔をそむけて言った。

「おやめください、助右衛門さん」

「もうできの悪い倅とは、言わせませんと、親父に言うてやれ。ほら笑え」

と、なおも止めない助右衛門の手首を、市兵衛はつかんだ。

いきなり手首をつかまれ、愉快そうな顔つきを変えてふり放そうともがいた。

「何をする、無礼者」

「いい加減になされよ。六平さまが困っておられるではないか」

市兵衛は、助右衛門の手首をしっかりと押さえ、びくともさせなかった。

「痛い。放せ。ほたえているだけだ。痛たた。六平、この馬鹿をなんとかしろ」

身もだえた助右衛門の膝が、盆にあたった。徳利や煮つけの器ががたがたと鳴って徳利が倒れた。まだ残っていた酒がこぼれたのを、六平は慌ててつかんだ。

「唐木さん、それまでに。それまでに」

六平が、市兵衛をなだめるように言った。

「頼む。放してくれ。ほ、骨が折れるではないか。わたしと六平は、昔から、こういう気安い間柄なのだ。六平……」

助右衛門が声を絞り出し、六平は市兵衛に首肯(しゅこう)して見せた。仕方なく、という様子だった。市兵衛は、助右衛門の手首を放した。

助右衛門は痛む手を抱え、泣きそうな声で市兵衛を罵った。

「なんだ、この馬鹿は。手打にされたいのか、無礼者。ああ、骨が折れた」

「助右衛門さん、大丈夫ですか」

六平が気遣った。

だが、助右衛門は逆に六平を睨みつけた。

「六平、主(あるじ)のおまえの落度だ。こっちは、おまえのことを思って供を連れずにきてやったのに、できの悪い主の供はならず者か。不愉快だ。わたしは帰る」

助右衛門は刀をとり、片腕を抱えたかっこうで切落し口へにじった。

「申しわけありません、助右衛門さん。では三日後の午後の八ツから七ツの間ごろ、こちらの《川しな屋》にてお待ちいたします」

六平が畏まり、切落し口から段梯子をくだり始めた助右衛門に声をかけた。

「知るかっ。ああ……」

甲高い声がかえった拍子に、段梯子を踏みはずしたのか、助右衛門の姿が切落し口から消えた。どど、と音が続いて助右衛門のうめき声が聞こえた。

六平は四つん這いになって切落し口へいき、下の店土間へ声をかけた。

「助右衛門さん、お怪我はありませんか」

「うるさい」

助右衛門が下から金切声で叫んだ。

五

それからおよそ半刻（約一時間）のちの夜ふけの五ツ（午後八時頃）前、広川助右衛門は、北川町万徳院の庫裏裏で毎夜開かれている賭場にいた。

大部屋ではないものの、板戸を固く閉てた賭場の盆筵を挟んで、丁側半側それぞれに十人を超える張子が並んでいた。

中盆の切れのいい声がかかって、駒札がからからと鳴り、腹に巻いた晒と下帯だけの壺振りが、ぱらぱらぽんと壺笊を落として出した賽の目に、張子の一喜一憂する熱い丁半博奕が、今夜も続いている。

安針町の川しな屋を出た助右衛門は、怒りが収まらず、虎之御門外の拝領屋敷へ真っすぐ帰る気になれなかった。止めておけ、と聞こえる声を腹の底に押し隠し、静まりかえった米河岸の往来を、江戸橋へとった。

伊勢町堀に架かる荒布橋の袂で、運よく深川に帰る空船に声をかけ、油堀の一色町の北河岸まで便乗できた。

唐木市兵衛の馬鹿力につかまれた手首のじんじんする肌触りと、階段を滑り落ちて膝と腰を打った痛みが、油堀から陸へあがってもまだ残っていた。

痩せ浪人め、いつか、思い知らせてやるぞ。

と、忌々しくてならなかった。

一色町、伊沢町、蛤町をぬけ、北川町まできて、いつもの覆面頭巾をつけた。覆面頭巾は、必ず懐に隠している。賭場では必ず顔を隠した。御公儀の旗本が、ご禁制の賭場にいるのを見られるのは拙かった。

覆面頭巾をかぶって、こっそり賭場に出入りを始めたのは、二十歳になる前だった。そのころは、旗本の広川助右衛門ではなく、御家人の新庄家の倅・助右衛門だった。助右衛門は幼いころから算勘に長け、家禄三十俵余の御家人の小普請が、裃役の支配勘定にとりたてられた。

優秀な者ばかりが集まった傍輩に抜きん出るため、寝る間も惜しんで勤めた。ただ、息抜きをしなければ頭が変になりそうだった。それが、こっそり賭場へ通い始めたきっかけだった。

四年前、ついに役高百五十俵の勘定方勘定衆に就いた。

いかに算勘が長けていても、旗本でなければ組頭には就けない。しかし、組頭下役の勘定衆は、御家人がのぼることのできる最高位だった。多くが旗本ながら、有能であれば御家人でも就ける身分だった。

そして、自分でも唖然とするほどの運が待っていた。

勘定衆に就いて半年ほどたち、寄合席の五千石の旗本・広川家に婿入りする話が持ちあがった。家禄三十俵余の御家人の倅が、婿入りして大家の旗本の広川家を継ぐというのである。

三年前の閏一月、助右衛門は広川家に婿入りし、五千石の寄合席の旗本・広川助右衛門となった。御家人の新庄家は、弟が継いだ。

広川家に婿入りしたとき、賭場にはもう二度といくまいと決心した。万が一、賭場通いを寄合の肝煎に知られたら、咎(とが)めを受け、旗本広川家の面目を失墜させかねなかった。失墜どころか、広川助右衛門の身分を失いかねなかった。博奕とは、きっぱりと縁をきらなければならなかった。縁をきったはずだった。

なのに、助右衛門は賭場通いを止められなかった。

賭場では絶対に覆面頭巾をはずさず、身分がばれないようにした。

助右衛門の賭場通いを知っているのは、笹山六平だけだった。

同じ小普請とは言え、六平は千五百石の旗本の倅で、助右衛門は三十俵余の両親が内職に明け暮れる御家人の倅ながら、六平は二つ年下の幼馴染(なじみ)だった。

まだ御家人の支配勘定だったころ、六平が万徳院の賭場にふらりと現れ、覆面頭巾をつけていても、助右衛門は六平にすぐに気づかれた。

互いに内緒にしておこうな、と了解し合った。六平ならいいだろうと思った。幼馴染だし、あまり気の廻(まわ)らない男だから気が楽だった。

父親の笹山卯平が、表だってではないものの、武家相手に金貸をやっているのは知られており、二年前、六平を介して卯平から借金をした。広川家に婿入りしてからも博奕は止められなかった。その借金をかえすためだった。

結局、それから二年がたって、卯平からの借金は、助右衛門がどうにもならないほどふくれあがっていた。

返金をもうこれ以上延(の)ばせないほどの額になっていた。

なぜそこまでして博奕をするのか、賭場通いが止められないのか、自分でもわからなかった。勘定方の必死の勤めの息抜きに始めたはずが、息抜きでは済まなかった。このままでは、自分の賭場通いが広川家に知られる。

そうすると……

袋小路の暗闇の奥へ奥へと逃げているような不安に、助右衛門の胸が鳴った。

それでも、万徳院の賭場に着くと、張子の歓声やため息の渦巻く熱気と、駒札がからからと鳴る音に身体がうずいた。賭場の間仕切を引き開けた小部屋には、胴親と見張り役の若い衆らがいて、

「おいでなさい」

と、若い衆らが口々に助右衛門へ声をかけてきた。

助右衛門は、万徳院の賭場の《助(すけ)さん》と呼ばれている定客である。

若い衆に声をかけられ、おのれ絶対に勝つぞ、とたぎる思いで助右衛門の胸が

熱くなった。

助右衛門が大身の旗本・広川助右衛門とは、胴親にも若い衆にも知られてはいない。助さん、と呼ばれている浪人者か、どこかの武家の部屋住みか、ぐらいに見られていた。むろん、賭場で素性の詮索など、余計なことである。

「毎度ご贔屓に。しばらく、御無沙汰でやした。お腰の物をお預かりいたしやす。今日は丁側半側、いい勝負が続いておりやすぜ。こういうときこそ、博奕打ちの腕の見せどころでやす」

胴親が、助右衛門の両刀を預かり、賭金と駒札を替えるときに言った。

賭博の合間にひと息入れる客のために食い物の器や酒などが用意してある小部屋に、三人の男が車座になっていた。男らは、銚子を並べ猪口を舐めながら、覆面頭巾の助右衛門を、にやにやと見あげていた。

「なんだ。おまえたち、いたのか」

三人に気づいた助右衛門は、馴れ馴れしく言った。

男らは片膝をたてた胡坐を改めもせず、浅黒い顔に白い歯を剝き出している。

三人は馬喰町の読売屋だった。助右衛門が賭場にいくと、三人一緒ではなくとも必ず誰かがいて、助右衛門は名前を教えず、頭巾もとらなかったが、親しく言葉を交わす間柄になった。

名前は、三太(さんた)、恵造(けいぞう)、朝吉(あさきち)、だった。

そうだ、もしかしたら、とそのとき助右衛門の脳裡(のうり)にある考えが閃(ひらめ)いた。

その場しのぎではない。ときが稼げる。ときさえ稼げれば、打つ手はいくらでも見つかる。なにしろわたしは五千石の……

助右衛門は、中盆の切れのいい声が、「丁ないか丁ないか」と聞こえる賭場へは向かわず、駒札を手にして三人の車座に加わった。

「妙にくつろいでいるではないか。やらんのか」

盆筵のほうへ顎を抉(しゃく)った。

「あっしら、今日は明るいうちからずっと遊んでたんですがね。三人そろってすっからかんにされちまって、今日はもう帰ろうぜってことになって、一杯やって休んでたんですよ」

「けど、助さんがくるんじゃねえかって、さっき話してたらやっぱり、噂をすれば影が差すってわけですね。なあ」

三太と恵造が言い、朝吉が薄笑いを寄こして頷(うなず)いた。

「ここんとこ、お見かけしやせんでしたが、どうなすってたんで。賭場に入ってきたときから、あっしらには目もくれず、今夜はずい分と気が入っているじゃありやせんか。今日は出目の流れが、丁半変わりやすくてね。流れの変わり目を上手く読めば、大勝ちできやすぜ」

「では、もう引きあげるのか。それとも、どっか寄るところがあるのか」

「別に、あてはありません。助さん、賭場にくるのは大体六ツ（午後六時頃）前なのに、今夜は遅めですね。一杯、引っかけてきた様子に見えやすぜ」

「ちょっとな。野暮用があった。まったく、つまらぬのに厄介な用で、無性に勝負がしたくなった。今夜は勝てるような気がする。わたしは運が強いのだ」

「そうそう。あっしらはだめだが、助さんは運が強えからな」

と、三太がからかうように持ちあげた。

そのとき、盆筵のほうで中盆の高い声が聞こえた。

「ぴんぞろの丁」

歓声がどっと沸いた。落胆の声とため息も聞こえた。丁半の駒札が張り増しをされて、大博奕になっていたのだろう。

助右衛門は、盆筵のほうから三人へ顔を戻して言った。

「三太、おまえたちの頭（かしら）というか、世話になっている旦那がいたな。馬喰町の読売屋の主人ではなく、以前、新橋の八官町で古物商を営んでいる旦那の話をしていただろう。その古物商のことで訊きたい」

三人のにやにや顔が、かき消えた。

「へい、それが」

三太が訊きかえした。

「その古物商は、おまえたちのどういう旦那なのだ。世話になっているとは、どういう世話になっているのだ。まっとうに、古物商を営んでいる商人なのだな」

「そりゃあ、まっとうに古物商を営んでおられる旦那ですよ。生まれは上方で、米問屋の倅が好きが昂じて古物商になった方でやす。古物商を営むなら諸国一の江戸と思い定め、二十代のころに江戸に下り、中店ながら三代続いていた八官町の古物商を居抜きで買い受け、もう十年になりやすかね。目利きの古物商とその筋じゃあ名の知られた方ですよ。江戸市中は言うに及ばず、関八州からもわざわざ旦那を訪ねて見える顧客も多いようですね」

「おまえたちと、どういうかかり合いだ。おまえたちも古物に関心があるのか」

「あっしらが？　まさか。もう何年も前に、馬喰町まで訪ねて見えやしてね。うちの読売種を面白いと仰って、下世話な話や評判を面白がる数寄者でもありましてね。それ以来、あっしらみてえな柄の悪い読売屋とも、顧客の旦那方と分け隔てなくおつき合いいただいておりやす」

「目利きの古物商というより、親分肌の旦那ですよ。困ったことがあったら相談にのってやるから、いつでもこいって仰いやすんで、あっしらちょくちょく……」

なあ、と恵造が朝吉へ顔をひねった。

「助さん、八官町の旦那に何か用が？」

「八官町の旦那は、裕福そうだな」

「そりゃあまあ、そうでしょうね。よくは知りませんが」

「八官町の旦那に、少々融通を頼みたい。おまえたち、とり持ってくれぬか」

助右衛門は、こともなげに言った。

三太が、訝るような目つきを助右衛門に向けた。恵造と朝吉は黙っていた。やがて三太は、眉をちぐはぐに歪めて助右衛門へ身を寄せ、

「少々って、どれぐらいでやすか」

同じく声をひそめて訊いた。

「ざっと、百両」

「ご冗談を。百両は少々じゃねえ。大金ですよ。八官町の旦那がいくら裕福でも、見ず知らずの助さんに、百両もの大金を融通するのは、たぶん、無理じゃねえかな。仮令(たとえ)、あっしらがとり持ったとしてもでさあ」

「ここで頭巾はとれぬが、八官町の旦那には、わたしの素性は明かす。大きな声では言えぬが、これでもわたしは旗本だ。それも、おまえたちでは足元にも寄れぬ身分の家柄だ」

助右衛門が言うと、恵造と朝吉が思わず噴き出した。

しかし、三太は訝しげな目つきを向けたまま言った。

「確かに、助さんはただのご浪人さんじゃねえだろうなとは、思っていたんですがね。けど、それほどのご身分のお旗本なら、あっしらには大金でも、百両ぐらいはお屋敷にお出入りの御用達(ごようたし)の商人とかに相談すれば、八官町の旦那でなくたって、どうにかなるんじゃねえんですか」

「わけあって、表沙汰にできぬのだ。わたしひとりで、方をつけねばならぬ借金を抱えている。この借金は返金を済まさぬと、拙い事態になるかもしれんのだ」

「ははあん、借金の借り替えですか。借金はこれで」

と、壺振りの仕種(しぐさ)をして見せた。

「八官町の旦那に金を融通してもらえるなら、何もかも包み隠さず子細を話す。嘘は言わん。信じてくれ」

三太は唇を尖らせて考え、恵造と朝吉は三太が決めるのを待った。

「ようござんすか。入りやす」

中盆の声が賭場に沈黙を促し、ぱらぱらぽん、と壺笊が落とされた。

「五二の半」

喚声とため息が交錯し、駒札の触れる音が聞こえた。

六

古物商の《備前屋》傳九郎は、目鼻だちの鋭い精悍な風貌に鱗小紋を粋に着流し、博多帯を締まった下腹にきりりと巻きつけた、町家の商人というよりは、町火消しの《お職》のような貫禄のある、三十代半ばの主人だった。

四人は深川の大島橋の袂から新橋川まで船でいき、新橋北の八官町の備前屋傳九郎のあまり目だたぬ小店に着いたのは、夜の五ツ半（午後九時頃）前ごろだった。もう夜ふけの刻限にもかかわらず、傳九郎は四人をにこやかに迎え、

「おや、おまえたち、きたのかい」

と、板塀が虫の鳴き声の聞こえる庭を囲んだ店裏の、小ざっぱりした座敷に通した。傳九郎は、正面に着座した侍風体の助右衛門が覆面頭巾をとっていく仕種に眼差(まなざ)しをそそぎつつ、

「旦那、こちらのお侍さんが……」

と、三太が傳九郎に耳打ちをするように、小声で事情を伝えるのを、時どき、大きく頷いて、助右衛門に向けた眼差しを一度もそらさなかった。

三太と恵造と朝吉は、傳九郎の左手と右手に向き合って座を占めていた。

傳九郎は、三太の話を聞き終えると、助右衛門へ改めて膝をなおし、商人の穏やかな口調で言った。

「なるほど。お侍さんは急なご要り用があって、古物商のわたくしに融通を頼みに見えられた、というわけですな」

「まことに面目ない。三人にどうしてもと無理に頼んで、夜分にお訪ねいたした。お初にお目にかかります。広川助右衛門と申します。広川家はただ今は寄合席の旗本にて、家禄は五千石。虎之御門外の江戸見坂下に屋敷を拝領しております」

ええっ、と三太らは五千石の旗本と聞いて驚いた。

足元にも寄れぬ身分とは聞いたが、それほどとは思っていなかった。でたらめを言っているのではないか、と三人は疑った。

「ほう。旗本五千石の広川家でございましたか。広川家のお名前は、存じあげております」

傳九郎はそれだけをかえし、助右衛門をただ見つめている。

「ご不審ならば、わが屋敷を訪ねてきていただいて差し支えありません。くれぐれも賭場の話は伏せ、値打のある古物を見せにきたふうを装っていただければ、わたしが主として応対いたす。明日にでも、虎之御門外へ……」

「助右衛門さまは、寄合席の旗本・広川家のご当主なのでございますか」

「さよう。恥ずかしながら、三年前、広川家第八代当主を継ぎました」

「解せませんね。五千石の大家のご当主が、高々百両の借金の返金に困り、町家の古物商風情に融通を持ちかけられるとは。広川家のご用を務める両替商を呼びたてられれば、すぐにでも手代が百両を届けにくるのではございませんか」

「助右衛門さま」

と、三太が口を挟んだ。

「高々百両でも、そいつは表沙汰にできねえ借金なんで、ございますよね。そのわけを旦那に包み隠さず話していただけやすか」

「はい。洗い浚い話しするつもりです」

助右衛門は、決意をこめて唇を結んだ。

そのとき、若い年増が座敷に茶を運んできた。琥珀に柳文の小袖を着けた艶やかな年増は、二灯の行灯を灯した座敷に脂粉の香をふりまいた。

「おりょう、肴は任せるから、みなに酒を出してやってくれないか」

傳九郎は、言葉つきを変えて言った。

「あい……」

「姐さん、こんな夜分に押しかけて、相すいやせん」

三太が言い、恵造と朝吉が続いて恐縮するのを、

「いいんだよ。どうせ簡単な物しかできないから。ゆっくりしておいき」

と、そういうあしらいに慣れた素ぶりで、ねっとりと頬笑んだ。

傳九郎よりだいぶ歳の若い女房のようだった。女房が座敷を出ると、傳九郎は商人ふうの言葉つきに戻って、

「どうぞ、助右衛門さま。お聞かせください」

と、穏やかに催促した。

「じつは、わたしは家禄三十俵余の御家人の家の生まれです。父親は無役の小普請で、薬研堀(やげんぼり)に近い武家地に拝領屋敷があって、内職に明け暮れる両親を見て育ちました。三年前まで、わたしは新庄助右衛門でした」

助右衛門は話し始めた。

「剣術はだめですが、子供のころから算勘が得意で、父はわたしに申しました。今の世は剣術を生かす道は狭い。おまえは算勘で身をたてる道を目指せと。二つ年下の弟が両親の内職を手伝わされたのに、わたしは勉学をさせられました。支配勘定の見習で大手門の勘定所に出仕したのは、十六歳のときです。見習とは申せ、傍輩はみな驚くばかりの秀才の集まりでした。見習に出仕し、競争に敗れた者は支配勘定に登用されません。支配勘定は、勘定所の中で御家人が就けるもっとも高い地位と言ってよいでしょう。その上は勘定衆になりますが、勘定衆は殆(ほとん)どが旗本の子弟が就くゆえ、御家人が勘定衆まで登用されるのは、優秀な中にもさらに優秀なほんのひとにぎりの、しかも余ほど運に恵まれた者だけなのです」

傳九郎は、腕組みをして助右衛門の話に聞き入り、三太らも呼気(こき)すらもらさぬかのように沈黙を守っていた。

「十八歳で支配勘定に登用されたときの、両親の喜びようは大変なものでした。わたし自身、ついにやった、勉強ひと筋にここまできた甲斐があったと思いました。何しろ、支配勘定の職禄は百俵です。家禄三十俵余の貧乏御家人の家が、急に裕福になった気がして、得意にもなりました。父は、よくやった、大したものだ、と褒めながら、次は勘定衆だな、おまえなら旗本の子弟にも負けぬ、と言ったのです。そうだ、まだ上を目指さねば、ここでとどまっていてはならぬと思いつつ、自信はありませんでした。あのとき、新たな希みに胸がふくらむ一方、凄まじい重圧に身体の震えがとまらなかったことを、よく覚えています。なぜなら、今でもその凄まじい重圧を受けているからです」

それから、四年前の文政四年の春、助右衛門がついに勘定衆にも就き、さらに類なき幸運にも恵まれ、家禄五千石の寄合席の旗本・広川家の婿養子に迎えられ、広川家を継いで三年半以上がすぎた歳月の事情をつぶさに語る間、夜ふけの暗い庭では、世の虚しさを果敢なむような虫の声が、絶えず聞こえていた。

おりようと下女が、和え物と干だらを炙って裂いた肴に沢庵の漬物、ぬる燗の徳利の酒を盆に載せて運んでくると、炙った干だらやぬる燗の香りが、助右衛門のぼそぼそと続く話に戯れかかった。

「それから、どうしやした」

と、三太がおりょうと下女が座敷を出てから口を挟んだ。

助右衛門は、夕方、笹山六平と唐木市兵衛と言う供が、駿河台下の肝煎の屋敷を訪ねた戻り道に現れ、安針町の川しな屋でとりたてを受けた子細を話していた。

川しな屋を出る際に起こったちょっとしたもめ事の一部始終を語ると、傳九郎はにんまりとし、三人はくすくす笑いをした。

三太がおかしいのを堪え、無理矢理真顔になおして言った。

「それで酒亭の階段をすべり落ち、膝と腰をでやすか。そいつはお気の毒な。怪我の具合はどうなんで」

「怪我はないが、まだ膝と腰は痛む。くそ、あの男、思い出すと腹がたつ」

「唐木市兵衛の名前を聞いたことはねえが、妙に怪しいですね。笹山卯平が流行風邪にやられたので、とりたて屋に雇われ、算盤勘定ができて、腕っ節の強い素浪人でやすか。野郎の素性は、聞いてねえんですか」

「聞かなかった。とにかく、痩せ浪人のくせに馬鹿力だった。あの鍛え方では、相当剣術ができそうだ。あれしきの算盤侍など、頭では負けぬが、腕っ節には敵わん。卯平は柳井宗秀の治療を受けているようだから、あの男、柳井宗秀の伝(つて)で笹山家に雇われたのかもしれん」

「柳井宗秀？」

傳九郎が訊きかえした。

「そうです。名医と評判の高い柳町の蘭医ですよ」

「柳町の蘭医の柳井宗秀先生は、存じております。この夏の流行風邪で、ずい分名をあげたお医者さまでございますね。おまえたちも柳町の柳井宗秀先生は名医だと、聞いたことがあるだろう」

ああ……

と三人は傳九郎へ頷き、三太が助右衛門を見かえった。

「医者は町家の金持ちから身分の高い武家まで、顔が広いですから、その唐木の野郎がもしも柳井宗秀の知り合いだとしたら、食いつめ浪人が江戸に出てきたのとは、違うようでございやすね。助右衛門さま、唐木の歳はどれぐらいで……」

「わたしよりだいぶ年上だと思うが、見た目は若い。身分のない浪人者が、旗本のわたしを、見下すような目で見ておった。おのれあの男、嫌に落ち着いて気どったところも、癇(かん)に障った」

助右衛門は、右腕の手首を擦(さす)りながら言った。

手首には市兵衛につかまれた指の痕(あと)が、うっすらと赤く残っていて、恵造と朝吉がまたくすくすと笑った。

「助右衛門さま、百両の急なご要り用の事情、よくわかりました。また、それを表沙汰にできぬのも、無理からぬことでございます。確かに、お困りでございましょう。お察しいたします」

傳九郎は慇懃(いんぎん)に言った。

「それにいたしましても、無役の寄合席ながら、広川家は家禄五千石の天下の旗本でございます。それほどのご身分になられてなお、賭場通いはやめられぬのでございますか。助右衛門さまはもう、傍輩の秀才と鎬(しのぎ)を削って出世を競う支配勘定や勘定衆と同じご身分ではございません。ご禁制の賭場に通って万が一誰かに見られて、ご身分の障りになりかねぬ危険を冒してまで息抜きをする理由は、ないのではございませんか」

「仰るとおりです。あのころの息抜きに賭場に通っていた理由は、今はもうありません。二十歳になって間もないころです。支配勘定には就きましたが、さらに上の勘定衆を目指さねば、傍輩の中から抜きん出て上役に認めてもらわねばと、毎日毎日そればかりで、きりきりと締めつけられるような頭痛に苛まれておりました。たまたま、万徳院の賭場を知り、つい魔が差して、一度だけだと自分に言いわけし、隠れて遊びにいきました。わずかな儲けがあって、驚いたと同時に、気がついたら頭痛は収まり、出世をせねばという重圧を、丁半博奕に夢中になっている間は忘れていたのです。以来、息抜きの賭場通いがやめられず、二度目からは覆面頭巾で顔を隠していきました。間違いなく息抜きにはなりました。ですが、それとともに、今度は借金に苦しむ身となったのです」

「身分ある大家のご当主を継がれてから、博奕には手を出すまいと、お考えにならなかったのでございますか」

「広川家に婿入りして三月ばかりは、賭場にいきませんでした。ですが、先ほど申したように、名門広川家の当主の座についても、一門の名をいっそう高めねばならぬ、それまでとはまた違う一門の期待に応えねばならぬ、という使命が肩に重くのしかかりましてね。つらいのは、同じなのです。三月ばかり、凝っと身を慎んでおりましたが、ひとたび賭場のことが脳裡をかすめた途端、つらさは吹き飛び、ほかのことは何も考えられなくなりました。身体がうずいて、じっとしていられず、我慢できなかった。おまえたちにも、わたしの気持ちはわかるだろう」

助右衛門は三太ら三人に言った。そして、三人の返事も待たず、傳九郎に向きなおって続けた。

「屋敷をこっそり抜け出し、覆面頭巾で顔を隠し賭場へ向かうとき、必ず、今日で最後にする、これを限りに終りにする、二度と博奕に手を出すまいと決心して、そうしてまた、次の日かまた次の日、せいぜい三日をおいて、同じ決心をしながら、賭場に通うのです」

傳九郎は腕組みをし、片方の掌で骨張った顎を擦った。三太らは、言う言葉がなく、ぬる燗の杯を重ねていた。

やがて、傳九郎は腕組みをほどき、膝に手をそろえて言った。

「助右衛門さま、わたくしごとき古物商風情に、よくそこまで腹を割ってお話しくださいました。傳九郎、つくづく感じ入っております。承知いたしました。百両、ご用だていたします。何とぞ、ご安心ください」

「おう、さようですか。ありがたい。無理を言ってよかった」

すると、傳九郎は何かを思いついたかのように、手をぽんと軽く鳴らした。

「利息は、蔵前の札差と同じ、年利六分にさせていただきますが、いかがでございますか。ただし、天利ではございません。助右衛門さまが、この先なおいっそうご出世されたのちにご返金いただく折り、利息分を上乗せしていただければ、よろしゅうございます」

「え、それで、よいのか」

「よろしゅうございますとも。なんとなれば、わたくしは、利息を稼ぐために百両をご用だていたすのではございません。つらいこと、苦しいことを乗り越えてこられ、今日のご身分にまでのぼられた助右衛門さまのお人柄に、そして、楽しみな将来のご出世に賭ける歓びを、このたびの百両の利息にするのでございます。その歓びに較べれば、六分の年利など、端金でございます。ただ、助右衛門さまが広川家のご当主としてご出世なさる、そのほんのささやかなお手伝いを、不肖備前屋傳九郎がさせていただいたことを、お心に留めておいていただければ、それでよろしいのでございます」

傳九郎がそのように言うのを、三太らは黙って聞いていた。

「笹山六平と唐木市兵衛なる者に約束なされたのは、三日後でございましたね。では、三日後夕刻までに百両を調え、助右衛門さまの再度のご来訪をお待ちいたします。わが店なら人目につきませんので、よろしゅうございましょう」

「う、うん。それでよろしく」

「今ここで、ぽんと百両をおきたいのでございますが、備前屋傳九郎は古物商問屋仲間の株を持つこれでも商人でございます。金額の多寡にかかわらず、元手になる金子銀子は一刻たりとも寝かせておくわけには参りません。明日か明後日には、商いのついでにただ今手元にございます手形を、取引先の両替屋にて百両に替えておきます。ご心配は無用でございます。手形を百両に換金することなど、簡単な手間でございます。この三人が証人でございます」

と、傳九郎はにこやかな笑みを三太らへ向けた。

「おまえたちも、ご苦労だったな。おまえたちのお陰で、助右衛門さまのお近づきになれた。古物商仲間に自慢ができる。むろん、賭場通いやこのたびのご用だての顚末は、ここだけの話でございますよ。おっと、夜がふけて参りました。あまり遅くなってはいけません。助右衛門さま、今夜はこれにてお引きとりを願います。江戸見坂下のお屋敷の近くまでお見送りいたします。助右衛門さまほどの方が夜道をおひとりというのは、ご身分にかかわりますゆえ」

「さようか。痛み入る」

助右衛門は、安堵の表情を見せて言った。これで当面はしのげる、当面は傳九郎を頼りにしておればよいのだ、と胸をなでおろした。

夜ふけの庭で鳴く虫の声が、助右衛門に笑いかけているかのようだった。

七

四ツ(午後十時頃)すぎ、傳九郎と、傳九郎に従う三太、恵造、朝吉、それに傳九郎の手下の老僕の小吉郎(しょうきちろう)の四人が、提灯(ちょうちん)の小さな明かりが、江戸見坂下の広川家拝領屋敷のわき門をくぐったのを、半町ほど離れた往来の土塀際から見届けた。

「驚きやした。間違いありやせんぜ。五千石の旗本のご当主が、深川の賭場通いで借金まみれになっているとは、おそらく奥方さまもご家来衆も、知らぬが仏なんでしょうね。三年半も、よくばれなかったもんだ」

三太が肩幅のある傳九郎の背後で言った。

すると、傳九郎の広い背中が、三太にこたえた。

「今にばれるさ。こんなことを続けていて、ばれないはずがない。家中にはもう気づいている者はいて、気づかぬふりをしているだけかもな」

それから三人へふりかえり、「もどるぞ」と、江戸見坂下の往来を愛宕下の広小路の通りのほうへゆっくりとした歩みを進めた。

月は見えず、星のきらめきもない暗みに塗りつぶされた夜ふけだった。

夜の静寂に、四人の草履が擦れて鳴り、小吉郎の手にした提灯の明かりが、草履の音に調子を合わせるように、傳九郎の足下を射してゆれていた。

親分……

と、三太は傳九郎のすぐ後ろに従い、そう呼びかけた。

「婿養子の賭場通いと借金まみれがばれたら、広川家じゃちょっとした騒ぎになるでしょうね。助右衛門さまの、婿養子の立場はどうなりやすかね。まさか、一門に泥を塗りおってと、離縁になることはねえでしょうね」

「どうかな。しかし、それが表沙汰になったら、いくら五千石の家柄でも公儀の重役への出世の希みは断たれるだろう。奉行であれ頭であれ、公儀の重役に就く者が深川の賭場通いをして借金にまみれていては、以てのほか、武士にあるまじきふる舞い断じて許されず、となっても仕方がない」

「そのために婿養子を離縁になっちまったら、親分が用だてる百両は、どうなるんでやすか。年利の六分どころか、元金の百両まで踏み倒されちまうかもしれませんぜ。それじゃあ、大損じゃねえですか」

「三太は、心配なのかい」

「助右衛門さまのご出世のお手伝いをして差しあげるっていうのは、親分のお考えでやすから、あっしに異存はねえんです。ただ、助右衛門さまは勘定衆に就くほどの秀才だとしても、これからも丁半博奕はやめられねえんじゃねえかと、思えてならねえんです。あっしは長年、助さん、いや助右衛門さまの賭場の様子を見てきやしたから、ありゃあただの博奕好きじゃなくて、博奕の虜になっちまった病人だと思うんです。こいつらとも、そんな話をしてたんですよ。まさか、五千石の旗本とは思いもしやせんし、賭場にああいうのは珍しくはねえし」

「そんな病人を、おれに中立したのかい」

「あ、申しわけねえ。病人というのは言葉の綾で、なんて言うか、ありゃあ今に身を持ちくずした末に、行方知れずか、海か川に沈められるか山に捨てられるか、よくある顛末だなとか。覆面頭巾をつけたままの奇妙な人でしたから、融通の件で親分に会いてえと話を持ちかけられて、ちょっと気にはなりましてね。親分に任せりゃあ大丈夫だろうと、つい思ったんですよ。ところが、親分が割と簡単に乗り気になったんで、意外でやした。いいのかなって。さっき、親分が仰ったじゃねえですか。こんなことを続けて、ばれないはずがねえ。ばれたら、助右衛門さまの寄合除けの御番入りは水の泡。親分の百両もかえってくるかどうか、あてにならねえんですぜ。それでもいいんですかい」

「三太。助右衛門の御番入りなんぞ、どうでもいいのさ。百両ごとき、捨て金にすぎん。それしきの端金、惜しくもなんともないさ。それどころか、百両の捨て金が何千両ものお宝を生むことになるだろう」

三太は思わず、ええっ、と静かな夜道に声を出した。

「静かに。夜ふけに近所迷惑だ」

傳九郎は三太を見かえりもせず、平然とたしなめた。

小路の往来から桜川（さくらがわ）を渡って愛宕下広小路の通りを北へ折れ、両側が大名屋敷の土塀がつらなる通りを新シ橋（あたらしばし）のほうへとった。

通りのはるか先の闇に、辻番に灯る明かりが、光の粒のように見えている。

「いいか。助右衛門はおれたちの福神（ふくじん）なのだ。福神が、おれたちの希む物を出す打ち出の小槌（こづち）を持って現れたのだ。おまえたちのお手柄だ」

「ま、まさか、五千石の旗本を、婿養子の御禁制の博奕癖を種に、強請（ゆす）ろうって魂胆なんですかい。そいつは無理だ。相手がでかすぎますぜ。下手をすると、こっちの首が刎びますぜ」

「はは。こっちの首が刎んでは、助右衛門は福神ではなくて、疫病神だな。そうじゃないよ」

悠然と歩みを運びつつ、傳九郎が言った。

「助右衛門を福神と言うのは、おれやおまえたちが商うお宝を、これまでよりずっと多く、素早く、備前屋の蔵にどういう手だてで運び入れるか、長年の懸案を解決する目処が助右衛門のお陰でついたからだ」

「うん？　お宝を運ぶ手だてを、でやすか。助右衛門さまがどんな……」

「東宇喜田の幾左衛門が沖で瀬取りした荷は、両天秤の行商、はたまた葛籠を背負った行商らにふり分け、舟堀村から小松川をすぎ、北の逆井の船渡しで中川を亀戸村へ渡る遠廻りで、江戸へ運ばなければならない。それはわかるな」

「へい。陶器磁器の壺、碗、皿、書画骨董、仏像、長崎へ渡ってきた唐の青磁や織物、それから西洋の飾り物など、西国で集めた貴重なお値打ち物のお宝はつきません。そいつを親分が、二束三文の古物にまぎらわして売り捌くって寸法で」

三太がこたえた。

「そうだ。おれは商人だ。売り物を仕入れて売り捌くのが、おれの生業さ。仕入れた品の出どころを詮索しない、というだけだ。御禁制の品であろうと盗品であろうと、仕入れた品に変わりはない。出どころはどこであっても、いい物はいい。上方では売れなくとも、江戸へ上手く運びこみさえすれば、どれもこれも吃驚(びっくり)するくらいの値がつく。おれたちは盗人稼業じゃない。筋の通った商いを営む商人だ。そうだろう、三太」

「もっともで。あっしらは、表向きは馬喰町の読売屋を装い、じつは親分のお指図に従って、東宇喜田の幾左衛門さんと、高い値で売れる品を運ぶ段どりをつけているだけですから」

「だがな、おまえたちが幾左衛門とどう段どりをつけようと、所詮、人ひとりが背中に負うて、はたまた両天秤にかついで運ぶ品は、数も大きさも限られている。もっと沢山の数の品を運び、もっと大きな品を運ぶことができたら、儲けは今までとは比べ物にならない。例えば、西洋の鉄砲を大量に仕入れて売れば、こちらの言い値で、間違いなく買い手がつくだろう。相州(そうしゅう)の正宗(まさむね)の古刀が出廻ったら、大名だって買い求めにくるだろう」

「そりゃあ、正宗だって、鉄砲だって、売れやすよ。名刀が入荷したらいつでも知らせろとか、鉄砲は仕入れないのかいと、耳打ちするお客さんもいらっしゃいやすからね。けど、無理だ。仕方がありやせん。鉄砲洲沖の廻船から、役人の目の前で直に荷を運ぶことはできやせんし、幾左衛門さんが大平舵を仕たてて舟堀を下っても、小名木川の川口には中川の番所があって、番役が小名木川を往来する荷船に目を光らせておりやす。舟運でもどうにもなりやせん」

「だから、助右衛門は福神なのだ。しかも向こうから飛びこんできた福神だ」

三太は首をかしげ、恵造が合点のいかぬ風情で聞いた。

「親分、よくわからねえ。助右衛門さまは、一体なんの福神なんでやすか」

「中川の番所は中川の御関所と言ってな、御番役は寄合席の旗本が三人ずつ五日交代で勤めることになっている。寄合席とは、無役でも家禄が三千石以上の大身の旗本だ。二千九百石以下の旗本や御家人は小普請になる。広川助右衛門は五千石の寄合席だ。つまり、交代で中川の番所の御番を勤めているはずだ」

ああ、そうか、と恵造が声をもらした。

「察しがついたかい」

傳九郎は恵造へ見かえり、唇を歪めた。

「も、もしかして、助右衛門さまが御番役を勤めている日に合わせて、幾左衛門さんに大平舵を仕たてさせ、小名木川を通って沢山の品と大きな品を江戸に運び、これまでとは比べ物にならねえ金子銀子を稼ごうって算段でやすね」

「凄えじゃねえか。助右衛門さまをあっしらの仲間にとりこんじまえば、中川の御番所を船にお宝を山のように積んで通れるってわけだ」

朝吉が言った。

薄笑いを悠然と前方へ向けている傳九郎に、三太がまた首をかしげて言った。

「けど、親分、助右衛門さまは、身分違いの広川家の婿養子に迎えられるほどの秀才かもしれやせんが、ほかの御番役の目がある中、船荷を監視するふりをして幾左衛門さんの船を上手く通すことができますかね。そんな気の利いた真似が、助右衛門さまにできるとは思えねえんですが。助右衛門さまが縮尻ったら、そこから足がつくことになりかねませんぜ」

「いかにもな。助右衛門にそんな気の利いた真似は無理だ。今夜初めて会ったが、すぐにわかった。あの男は、虎の威を借りてしか力を奮えぬ気の小さな狐だ。だから、身を持ちくずすほど博奕にものめりこむ。しかし、それだからこそ、あの男は福神なのだ。ならばおれたちが、気の小さな狐が力を奮えるよう、虎になってやるのだ。おれたちが助右衛門の虎になれば、助右衛門は中川番所の御番役として、われらのために力を貸してくれるだろう」

「親分の仰ってる意味が、わからねえ」

「寄合席の旗本は、中川の番所に三人が五日ごとに交代で番役を勤めるが、旗本自身が勤番するのではない。旗本は、番頭、添士、小頭を二名ずつ六人の家臣を中川の番所に遣わして、自らは詰めないのだ。ところで、中川番所の土手道には、茶屋が店をつらねていて、元々は、番所の検めを待つ船頭や舟運業者、船荷の諸問屋から請けた業者の世話をするのが役目だった。茶屋の亭主は、長年代を重ねて続けているうちに、御番役の勤める検めの助けもやるようになった。なぜなら、番所の検めは、諸問屋より事前に出されている証文印鑑と、取引相手の送り状の印鑑を照らし合わせ、積荷と数量を確認したうえで出入船を許可するのだが、そのようなこみ入った検めは、経験を積んで慣れていないとできるものではない。寄合旗本に遣わされた家臣らは、御番役には慣れていない。つまり、家臣らは慣れない検めを、茶屋の亭主の助けを借りなければならない。と言うより、川船の船荷の検めは、茶屋の亭主らが御番役の手代となって務めているのが実情なのだ」

夜ふけの通りには、提灯を持った老僕の小吉郎と四人のほかに人通りはない。

一匹の野良犬が、男らを見つけて吠えかかった。

しかし、話に夢中の男らは相手にせず、張り合いをなくした野良犬は吠えるのを止め、夜道に残された。

大名屋敷の組合辻番の前を通るとき、番人に声をかけられ、見送りの戻りという事情を話して通りすぎ、虎之御門外の御濠端に出た。御濠端から、御濠の土手道を東の幸橋(さいわいばし)御門と、その先の新橋川のほうへ向かう帰り道だった。

「けど、茶屋の亭主の助けを借りても、検めは同じことじゃねえんですか」

三太が言った。

「ふむ。中川番所が検める船荷は《御規定荷物(ごきじょうにもつ)》と言って、江戸に出入する特定の品物の把握が狙(ねら)いだ。米、酒、塩、俵物(たわらもの)、樽物(たるもの)、古銅、材木、硫黄(いおう)、生魚、野菜物、箪笥(たんす)に長持、鍬(くわ)や鋤(すき)の鉄、火薬、それから武具などだ。これらの御規定荷物は、取引相手双方の諸問屋の間で交わされた証文印鑑が確かめられる。当然、御規定荷物以外の品物も検めが行われ、送状と照合するが、送状に不備などがあった場合、茶屋の亭主が送状の書き替えの世話などもする。つまり、このように書き替えておきますので、などと大目に見て検めを通してくれるのだ」

三太と恵造と朝吉は、傳九郎の密かな声に耳を傾けている。

「わかりやすく、例えて説明しよう。房総(ぼうそう)の網元(あみもと)や葛飾(かつしか)の百姓が、房総沖で獲(と)れた生魚を江戸へ運ぶ、あるいは、葛飾郡で収穫した野菜物を江戸の市場へ、平舵船を仕たてて運ぶとする。舟運を請け負うのは、東宇喜田を縄張りにする幾左衛門の息のかかった船頭だとする。中川番所の船の出入は、明け六ツから暮れの六ツと限られている。が、幸い生魚と野菜物は夜間の入船が許されている。夜間、まだ寝静まっている中川番所に入船した船頭は、御番役の代わりに検めを務める茶屋の亭主に送状を見せ、亭主は送状と船荷を照らし合わす。生魚も野菜も、河岸場や市場の問屋と相対の取引だから、船荷の送り先は、日本橋の魚河岸か、はたまた神田青物市場か、どこでもいい。船荷を覆った筵をとると、平舵船の板子にも船底のさなにも、生魚や野菜物ではなく、大葛籠が積み重ねてある。亭主はそれをひと目見て、送状と船荷の照らし合わせを滞りなく済ませ、船が番所を通っていくのを許可する。あとは、お宝の船荷を備前屋の蔵に運びこめば仕舞いだ。誰にでもわかる仕組だろう」

「けど、親分、それじゃあ助右衛門さまは何をするんでやすか」

「わからないのかい。御番役の五千石の旗本が、御番役の代わりに検めを務める茶屋の亭主とおれたちをとり持つ中立をするのさ。寄合席とは言え、御番役の大身の旗本が中立をして後ろ盾になるのであれば、茶屋の亭主がこの儲け話に乗ってこないはずがない。それはおれの仕事だ。必ず乗ってこさせる。助右衛門には、虎の威を借りた狐らしく、茶屋の亭主との中立を務めてくれればよいのだ。狐ならそれぐらいはできるさ。百両はそのための安い手間代だ」

恵造と朝吉が、はあ、と呆気にとられている。

「助右衛門さまが断ったら、どうするんです。そんなことはできねえと、頑なに拒んだら……」

「拒んだら？ ふん、今、言っただろう。自分がすでに、虎の威を借りた狐の身であることを教えてやるのさ。助右衛門にとって、笹山六平と供侍の唐木市兵衛なる浪人者は、さぞかし邪魔だし目障りだろう。とりたてのあの二人が、借受証文とともに忽然と姿を消せば、助右衛門はとりたてを受けなくて済むわけだ」

「親分、もしかして、二人を始末するんでやすか」

三太がいっそう声をひそめた。

「もしかしてじゃない。必ずだ。いいか。助右衛門が中川番所の御番役を勤番する寄合席の旗本・広川家の当主である限り、おれたちには福神の値打ちがある。助右衛門の不埒な素行が広川家にばらされて、広川家の婿養子を離縁にでもなったら、助右衛門になんの値打ちもない。あの男は用なしだ。そんなことは、見す見すさせるわけにはいかない。助右衛門が広川家の当主で居続けられるよう、目障りな笹山六平と唐木市兵衛をこの世から、見えなくしてやるのさ」

「ど、どうやって」

「そういう仕事は、幾左衛門のお手の物だ。明日、東宇喜田へいって、幾左衛門に始末を頼んでこよう。金さえ払えば、幾左衛門は二つ返事で承知する。笹山六平と唐木市兵衛、二人そろって東宇喜田のはるか沖に沈んで、二度と浮かびあがってこなくなる。たぶん、ひとり二十五両、二人合わせて五十両で片づく。五十両で片づいたら、助右衛門の百両も要らないわけだ」

傳九郎は平然と言った。

「三日後、助右衛門がきたら言ってやる。もう借り替えの必要はありません。百両の借金は、斯く斯く云々で綺麗さっぱり方がつきました。よって、これからは、天下の旗本・広川助右衛門さまと古物商・備前屋傳九郎は、互いに固い契りを結び、わたしどもは助右衛門さまの将来のご出世にかかる金銭など、陰ながらお手伝いをいたし、助右衛門さまはわたしどもの生業に、ほんのわずかな口利きをしていただいて、ほんの少しばかり儲けさせていただければよろしいのでございます。また、由緒ある広川家のご当主という重きお立場のたまの息抜きに、お忍びで賭場へお出かけの折りには、ひと声、三太と恵造と朝吉にお声をかけていただければ、三人がいつでもお供をし、お世話を務めさせていただきます。助右衛門さまとわたしどもが仲間の契りを結んだからには、命ある限りの仲間でございます。生きている限りは、仲間は抜けられませんよと、それとなく、しっかりと教えてやるのだ」

「脅してやるんですね」

「脅しと感じるかどうか、それは助右衛門次第だ」

「親分、素浪人の唐木市兵衛はいいとして、笹山六平は千五百石の旗本の倅ですぜ。旗本の倅が行方知れずというのは、えらい騒ぎになるんじゃありやせんか」

恵造が言った。

「なってもかまわないさ。そうなったら、おまえたちが読売に書きたててやれ。小普請の旗本のどら息子が、賭場に入り浸って博奕に耽り、身を持ちくずして姿をくらました。二十七歳にもなって、未だ家督も継がずうかうかと遊び暮らし、遊蕩した挙句の果てに行方知れずとは、それでも御公儀の侍か、とだ。笹山家は江戸中の笑い者になって、小普請支配のご老中さまに、倅の武士にあるまじきふる舞い不届き千万と咎められ、倅の行方知れずどころじゃなくなるだろう」

「そうか。笹山六平は賭場で何度も見かけておりやすが、でぶの血の廻りが悪そうなどら息子だ。確かに、騒ぎになっても世間はすぐに忘れるに違いねえ。老いぼれの金貸の父親は、流行風邪にやられて寝こんでいるそうでやすから、倅の行方知れずで落胆し、ぽっくりと逝くかもしれやせんし」

「唐木市兵衛がどれほどの腕利きか、気になりやす。唐木市兵衛の素性を探っておきやしょうか」

それは三太が言った。

「そうだな。ほんのささいなどうでもいいようなことが、あとになって厄介な引っかかりにならないとも限らない。三太、おまえたちで唐木市兵衛がどういう男か、探っておけ。幾左衛門の息のかかったあらくれどもなら、所詮、素浪人ごときひと溜りもないだろうが、念のためだ」

傳九郎は、幸橋御門に架かる幸橋が暗がりの中にだんだんと浮かびあがってくるのを見やりつつ、三人に言った。

へい、と三人が声をそろえた。

第三章　出世街道

一

翌日、その前日に馬喰町の読売屋の売子が、流行(はや)りの着物に三尺帯と置手拭の粋姿に、字突(じっ)きでぽんと打って売り歩いた、半紙二枚重ねに耳を糊(のり)で綴(と)じた四枚立て一冊八文の瓦版(かわらばん)が、呉服橋の北町奉行所にちょっとした騒ぎを巻き起こした。

瓦版によれば、それは三日前のことだった。

北町奉行所のまだ番代わりする前の、若い見習与力と見習同心の四人が、酒に酔った勢いで深川へ繰り出し、さる賭場で胴元の迷惑も考えずに浮かれ騒いで丁半博奕(ばくち)に興じた挙句(あげく)、周りの博奕打ちと喧嘩沙汰(けんかざた)を起こし袋叩(だた)きに遭(あ)った。

その喧嘩騒ぎの、見習らの無様で滑稽な顚末が、面白おかしく大袈裟に綴ってあった。しかも、四人の見習のうちの三人は、与力見習一名、同心見習二名、と名前は出ていないのに、

ところがどっこい、今ひとり、身の丈天を衝く物干竿のごとき見習同心の優姿、袋叩きに遭って虫の息の傍輩を救わんがため、無頼な博奕打ちども相手にちぎっては投げちぎっては投げの大乱戦。中でも、深川では命知らずと恐れぬ者のない猪団蔵と両者一歩も引かずの血みどろの死闘の末に斃した細腕、胴元驚き、そこな若衆は誰ぞと名を問えば、それがし北町奉行所定町廻り渋井鬼三次が一子渋井良一郎にて御座候、と勝ち名乗りをあげ、傍輩引き連れ悠々と引きあげるあり様、彼の闇の鬼をも渋面にさせる定廻り《鬼しぶ》こと渋井鬼三次の、末恐ろしき倅であったかと、一同、恐れ入谷の鬼子母神……

と、良一郎と渋井鬼三次の名前が面白おかしく出ていたのだった。
良一郎は、前日にその瓦版が売り出されていたことを知らなかった。

朝、奉行所に出所すると所内が妙にざわついていて、普段、使い走りの用があるとき以外は無足見習の良一郎など見向きもしない周りの目が、その朝に限ってしばしば向けられ、苦い顔つき、にやにや笑い、傍輩同士のひそひそ話に、良一郎はわけがわからず、なんとなしに居心地の悪さを感じていた。

その日で四日目になる、深川北川町万徳院の賭場の喧嘩騒ぎは、目元や顎に青(あお)痣(あざ)は残っているものの、腫(は)れも引いていたし所内の噂(うわさ)にもならなかったため、その一件にかかり合いがあるとは思わなかった。

先輩の同心見習の杉浦勝五と日下明之進も、変わらずに出仕している。ただ、与力見習の滝山修太郎は病気療養と称して、あの日以来、出仕を休んでいた。

あれだけ痛めつけられたのだ、無理もない、と思っていた。

あの夜、組屋敷に帰ると、長助とお三代は良一郎の身を案じてまだ起きていて、良一郎の赤く腫れた顔に驚き、「坊ちゃん、どうなすったんですか」と怪しまれたのは、見習仲間と呑(の)んで帰りに転んだ、と誤魔化(ごまか)した。

翌日朝、父親にもそのように言いわけした。すると、父親は、ふむ、と不機嫌そうに渋面を頷(うなず)かせ、

「そうかい、酒に酔って転んだかい。若いんだ。そういうこともある。だが、若

いのがいつも許されるわけじゃねえぞ。見習でも町方に変わりはねえ。世間じゃ許されても、町方には許されねえ場合があるんだ。心得ておけよ」

と、自分のことを棚にあげて言うのを、「気をつけます」と、殊勝(しゅしょう)にこたえたばかりで、詳しい事情を聞かれずに済んでいた。

勝五と明之進は、先輩の見習同心らしく良一郎に指図するのが、その朝は話しかけてもこなかった。万徳院の賭場の一件以来、良一郎への素ぶりに親しみが感じられたのに、その朝はまた以前のように、妙によそよそしかった。

なんだろう。

と、ちょっと訝(いぶか)しく思っていた。

御奉行さまの登城のお乗物を、表門に出てお見送りし、同心詰所の溜(たまり)に戻ってほどなく、下番が詰所にきて、勝五と明之進、そして良一郎の三人を呼び出した。

「目安方の栗塚(くりづか)さまがお呼びです。内座之間へすぐにいかれませ」

その呼び出しで、もしかして、と良一郎の胸が音をたてた。

詰所にいた勝五と明之進が素早く立って詰所を黙然(もくぜん)と出るあとから、良一郎は遅れぬように従った。

内座之間は、玄関の間の廊下を詮議所のほうへいく途中の、中庭を囲う廊下へ曲がり、またひとつ曲がった次之間の奥である。

良一郎は内座之間にいくのは初めてだった。奉行所内はこうなっているのかと、その質実とした広さに気おされる心地がした。

「杉浦勝五、参りました」

三人は中庭に向いた廊下に端座し、初めに勝五が腰付障子ごしに名乗り、明之進と良一郎が続いた。

返事はなかったが、人がいる気配はあった。

「失礼いたします」

勝五が障子戸をゆっくり引くと、継裃を着けたひとりが床の間と床わきのほうへ向いて端座し、廊下の三人へ背中を見せていた。三人に見向きもしないが、見習与力の滝山修太郎と、背中の家紋を見ずともわかった。

喧嘩の疵も、出仕できるほどに癒えたのだろう。

勝五が修太郎の後ろに座を占め、明之進が隣に並び、良一郎は明之進のまた後ろに着座した。むろん、言葉も会釈すら一切交わさなかった。

床の間には鷺舞画の掛軸がかけられ、床わきの違い棚には夾竹桃の赤い花の枝木が一本、花活けに挿してある。

良一郎の胸は、ずっと音をたてていた。

修太郎が病みあがりのような、軽い咳ばらいをした。先だっての元気はまるでなく、背中がしょんぼりとして見えた。ちらりと、後ろをうかがうように首をかしげた横顔に、痛々しい青痣が残っているのが見えた。

と、次之間にいく人かの気配がし、足早な足音が近づいてきた。

「お見えです」

声と同時に、間仕切の襖がいきなり引き開けられた。

四人は畳に手をついて、目安方の栗塚康之と詮議方与力の飯島直助、そして、年番方同心の今泉又左衛門が、床の間と床わきを背に着座するのを待った。間仕切の襖が閉じられ、

「手をあげよ」

と、栗塚康之が素っ気なく言った。

四人は畏まりつつも手をあげたが、目は伏せたままにした。栗塚康之を中心に左に飯島直助の黒っぽい裃姿、次之間側の右手に今泉又左衛門の黒羽織が着座しているのを、視野の片隅に認めていた。

「みな、滝山と並んで坐れ。見習同士、ともに酒亭で酒を喰らい、賭場で丁半博奕に戯れておる仲だろう。ここでは身分はよい。離れて並んでは話がしにくい」

栗塚は、そこへ並べ、というふうに尺扇で座を差した。

やはり賭場の喧嘩騒ぎがばれたか、仕方ない、と良一郎は思った。

三人はにじり出て、修太郎、勝五、明之進、良一郎の順に居並んだ。

「ぐずぐずするな。しゃんとしろ」

年番方の今泉が、小言のような口調でたしなめた。栗塚が膝においた尺扇で掌を軽く打ちながら、四人の様子を凝っと見つめている。

「みな、これはもう知っておるな」

今泉が、半紙二枚重ねの瓦版を修太郎と勝五の前、二人の間あたりにおいた。

修太郎と勝五と明之進が、目を伏せて決まり悪げに首肯した。

良一郎はうな垂れた恰好で、瓦版へそれとなく目を向けた。

酒乱の町方、賭場荒し……

と大文字の躍っているのが、真っ先に読めた。

栗塚が良一郎の様子に目敏く気づき、呆れた様子を見せた。

「なんだ。渋井は知らなかったのか」

良一郎は「はい」と小声をかえし、すぼめた両肩に首を埋めた。

「迂闊だな。奉行所の者はみな知っておるぞ。御奉行さまもご存じだ。知らぬのは渋井だけだな。読ませてやれ」

栗塚が言い、勝五が指先で瓦版を隣の明之進のほうへすべらせ、明之進は良一郎の前へ、やはり指先ですべらせた。

良一郎は、瓦版におずおずと手を差し出した。

膝の前においたまま、半紙二枚重ねの瓦版を開いてすぐに読み終えた。瓦版に自分と《鬼しぶ》の名前が出ていて、ああっ、と狼狽えそうになったのを堪え、かろうじて声を出さずに済んだ。

今朝出仕したときから、周りの訝しげな目が自分に向けられていたわけが、これでわかった。

そうだ、あのとき……

と、喧嘩を止めてくれた龍喬という櫓下の防ぎ役を、良一郎は思い出した。父親があういう場所ではよく知られているのだと、初めてわかった。

瓦版を両手で持って隣の明之進の前に恭しく戻し、明之進は勝五へ、勝五は修太郎の膝の前へと戻した。だが、修太郎は手に触れるのも嫌だというふうに、瓦版をそのままにした。

「まだ見習の身が、北の御番所の評判に疵をつけた。南の御番所でも、北町の見習どもが酒に酔って賭場荒しをやったぞと、評判になっているそうだ。拙(まず)いことになった」

今泉が殊さら深刻な口ぶりで言った。

「おぬしら、ここに書いてあることはまことか」

栗塚が質(ただ)した。

四人は目を伏せ、誰もこたえなかった。明之進のため息が聞こえた。

中庭では、小鳥が、ちっちっ、とのどかに鳴いている。

「黙っておるということは、ここに書いてあるとおりなのだな。おぬしらは、見習とは言え町方でありながら、酩酊(めいてい)して御禁制の賭場へ押しかけ、博奕に戯れた挙句、博奕打ちらと喧嘩騒ぎを起こしたのだな」

栗塚の尺扇が、膝の上で掌を打っている。

「滝山、おぬしの顔は、その賭場で喧嘩騒ぎを起こし、喧嘩相手に袋叩きにされてその様になったのか」

修太郎は唇を一文字に結び、沈黙しているだけだった。不貞腐(ふてくさ)れているのか、頷きもしなかった。

「勝五、明之進、修太郎が袋叩きにされていたとき、おぬしらは何をしていた。修太郎を助けにいったのか。それとも、怖気づいて傍輩を助けられなかったのか。傍輩を見捨てたのか」

「い、いいえ、それは」

勝五がか細い声を絞り出した。

「博奕打ちらは、何人もおり、わたしと明之進はそいつらを相手にしなければなりませんでした。ゆえに、助けにいく余裕がなかったのです」

「博奕打ちの仲間は、何人いた」

「五、六人、いや、三、四人、ぐらいでしたか」

勝五は首をひねった。明之進は黙ってうな垂れている。

「三、四人か、五、六人を相手にして、おぬしらは滝山のような袋叩きには遭わなかったのか」

「わたしらは、もみ合いに……」

勝五の声は尻すぼみになって、最後までは聞きとれなかった。

しかし、栗塚は「まあ、よい」と、それ以上は突きつめなかった。栗塚は良一郎へ向いた。

「渋井、瓦版にある、深川の猪団蔵を斃したのはまことか」

「斃したと申しますか、運よく拳があたり、相手が倒れました。相手が猪団蔵かどうか、猪団蔵が何者かも、存じませんでした」

「どういう成りゆきで喧嘩になった。経緯を聞こう」

はい、と良一郎は長身を縮めて畏まり、修太郎の嘔吐から始まった喧嘩騒ぎの顚末を、ぼそぼそと話した。あの夜は、良一郎もだいぶ酔っていた。あのときの喧嘩騒ぎが、夢から覚めたあと、消えてゆく夢をたどるように感じられた。

良一郎は、龍喬と言う櫓下の防ぎ役が喧嘩を止めてくれ、団蔵の二人の仲間に痛めつけられるのをまぬがれたところまでを話し、そこでひと息入れた。

すると、それまで黙っていた飯島が言った。

「櫓下の龍喬も、賭場に居合わせたのか」

「龍喬という者を、存じておるのか」

栗塚が飯島に訊きかえした。

「岡場所の防ぎ役ですが、深川では知られた顔利きです。手下も大勢抱えており、やくざにしては男だてと、案外に評判のいい男です」

飯島は良一郎に向きなおった。

「おぬしの父親も、当然知っている。むろん猪団蔵のこともだ。団蔵は石川島(いしかわじま)の人足寄せ場に収容され、五年前、そこを出てからやくざと喧嘩をしてそいつを殺し、江戸から逃げていたのだが、舞い戻っていたのだな。滅法腕っ節が強くて、命知らずのあらくれだ。じつは人を殺したのも、そのやくざだけではなくほかにもいると噂がある。南北の廻り方が追っているが、なかなか尻尾がつかめなかった。そいつが、賭場でおぬしらと隣り合わせたうえに喧嘩騒ぎまで起こし、渋井に伸(の)されていたとは驚いた。おぬし、その細腕でやるな。父親もきっと吃驚(びっくり)しているぞ。猪団蔵を相手にして、恐ろしくなかったのか」

「無我夢中でした」

「猪団蔵は、おぬしに伸されてどうなった」

「起きあがってこなかったので、それからはどうなったか、わかりません。龍喬と言う人に喧嘩をとめられ、内心では、助かったと思いました。滝山さまが大怪我(けが)をしておられましたので、みなで助けおこしました。あのときはもう、八丁堀へ帰ることしか考えていませんでした」

「そうだろうな」

「滝山は、団蔵に袋叩きにされて、起きあがれなかったのか。無頼なやくざ者相手に、少しは立ち向かわなかったのか。やられっ放しか。町方ではあっても、御公儀より扶持を受けておる、二本差しの侍の端くれぞ。不甲斐ない」

栗塚が、苦言を呈する言葉つきで言った。

唇をぎゅっと結んだまま、修太郎はやはりこたえなかった。

「申しあげます。滝山さまは団蔵にやられて起きあがれなかったのではありません。団蔵にやられる前から、自分で立てないほどに、だいぶ酔っておられました」

良一郎は、修太郎を庇うつもりで、つい余計な口を挟んだ。

それが栗塚をかえって怒らせた。尺扇を掌に鳴らし、

「わきまえが足らんのだ。見習の若蔵が自分の足腰が立たぬほど呑んで、みっともない。愚か者が」

と、四人を叱りつけた。

四人は身を竦め、うな垂れた。

ちっち、ちっち、と庭で小鳥が鳴き、詮議所の公事人溜のほうから、下番の公事人を呼ぶ声が小さく聞こえてきた。

それから、栗塚は声を少しやわらげた。

「御奉行さまも呆れておられた。おぬしらの処分はのちほどお決めになる。それまでは、身を厳に慎み大人しくしておれ。よいな。当分、酒は呑むな。もういってよい。戻れ」

「あ、あの、わたしらはこのまま、見習の出仕を続けて、よろしいのでしょうか」

勝五が恐る恐る聞いた。

「あたり前だ」

と、年番方の今泉がまた叱るように言った。

二

その日の午後七ツ前である。見習の退庁の刻限、渋井鬼三次が表門わきの同心詰所に現れた。良一郎は、定橋掛同心の橋梁修理の官費の勘定の手伝いをやっているところだった。

母親のお藤が、八歳の良一郎を連れて本石町の扇子問屋・伊東文八郎に再縁してから、継父・文八郎の下で、十二、三歳ごろまで、読み書き算盤をしっかりやらされた。それから不良仲間とつき合い始め、伊東を継ぐ商人の修業はまったくしなくなったが、読み書き算盤の手習をした経験は、同心見習に就いた今、ありがたいことに役にたっている。

「あっ」

八の字眉にちぐはぐなひと重の目と、いやに赤い唇を尖らせた父親の渋面に気づき、良一郎は思わず、ぽつんと声に出した。

同心詰所に同心が戻ってくるのだから、別に意外なことではないが、定廻りが詰所にいることは滅多になかった。

詰所どころか、奉行所内で父親に出会うことも希だった。

渋井は、痩身のいかり肩を性根に癖を感じさせるふうに少し斜にした恰好で、定橋掛の若い同心のそばへくると、「どうも」と声をかけた。

「おや、渋井さん。今日はお戻りが早いですね」

同心が仕事の手を止めて言った。

良一郎は、渋井を見ないようにして机に向かっていた。

「見習の終わるころかなと、思ってね」

渋井が同心の肩ごしに、ちらり、と良一郎へ目を寄こした。

「いいですよ。急ぎの仕事ではありませんので、明日、続きをやれば」

同心は、おかしそうに表情をゆるめた。

「良一郎、今日はもういいぞ。また明日手伝ってくれ」

「はい。では、きりのいいところまで済ませます」

良一郎はこたえたが、内心は気が重かった。

奉行所の表門前の往来に、腰掛茶屋がある。公事人が奉行所内の公事人溜にあふれて入れないときなど、下番の呼び出しがあるまで、腰掛茶屋で待つのだった。

葭簀(よしず)をたてかけた腰かけ茶屋の縁台に、助弥が股引(ももひき)の長い足を組んで、雪駄(せった)をつけた足先を、手代坐りのようにつんつんさせてかけていた。

渋井に続いて長身の良一郎が表門を出てくると、助弥は長い腕を西日の降る空へ差しあげた。縁台から身軽に立ちあがって、ひょろりとした長身をひょいひょいと躍らせ、渋井と良一郎の前へ駆け寄ってきた。

「坊ちゃん、お久しぶりでやす」

助弥は良一郎に笑みを寄こして言った。

「助弥さん、坊ちゃんはやめてくれよ。今は無足見習の小僧も同然なんだからさ」

良一郎は面映そうに言いかえした。

「坊ちゃんがだめなら、旦那の二代目だから、若旦那にしやしょうか」

「だめだよ。良一郎でいいんだよ」

「そうすか。それじゃあ、当分は良一郎さんと呼ばしていただきやす。けど、良一郎さんもあっしのことを、助弥って呼んでくださいよ。いつまでも助弥さんじゃあ、水臭えじゃありやせんか」

渋井は、二人の遣りとりを気にもかけず、ふん、とひとつ笑ったばかりで、後ろに六尺（約一八〇センチ）を超える痩身の二人を従え、奉行所から呉服橋御門へとった。

呉服橋御門の呉服橋を渡り、次に西八丁堀に架かる海賊橋を越え、坂本町、表南茅場町と裏南茅場町の境の往来をいき、地蔵橋袂の組屋敷への戻り道の曲り角まできたが、渋井はそのまま亀島町川岸通りのほうへと歩みを進めた。

その間、良一郎にはどこへいくとも言わなかった。奉行所で、「こい」とひと言があったきりだった。

助弥さん、と良一郎は声をひそめ、やっぱりそう呼びかけた。

「これから、どこへいくんだい」

「深川の裏櫓でやす。坊ちゃん、裏櫓の防ぎ役の龍喬をご存じでしょう」

助弥も、さっき言ったことを忘れ、呼び慣れた坊ちゃんと言った。

「龍喬？　うん、知ってる。ていうか、一度、会っただけだ」

「例の、万徳院の賭場の喧嘩騒ぎのときでやすね」

う、うん、と良一郎は頷き、なぜかちょっと照れた。

「旦那がね、あの一件のことで、龍喬に会いにいくって仰いましてね。それじゃあ坊ちゃんも、というわけですよ」

「そうなのか」

良一郎と助弥のひそひそ話を、渋井は聞いているのかいないのか、黙っている。

北新堀の土手蔵の並ぶ町家をいき、高尾稲荷と舟番所のある永代橋の袂まできたとき、助弥の下っ引の蓮蔵が、「おおい」と三人のほうへ手をふった。

蓮蔵は高尾稲荷の鳥居の下で待っていて、尻端折りに剝き出した太短い足を、地面を踏み固めるようにはずませ駆けてきた。

「旦那、お待ちしておりやした。裏櫓の龍喬に話をつけやしたら、鬼しぶの旦那にお目にかかるのは久しぶりだ、楽しみにしてるぜと、言っておりやした」

「そうかい。なら早速いこう」

渋井は言いつつ、永代橋へ歩みを止めなかった。

蓮蔵はそのまま助弥と良一郎の後ろについて、助弥に話しかけた。

「兄き、龍喬が言っておりやした。助弥の親分もここんとこご無沙汰で、どうしていらっしゃるんだい、まだ独り身かい、独り身ならうちの女を世話するぜって」

「やめろよ。坊ちゃんの前で」

「おっと、坊ちゃん、奉行所のお勤めはもう慣れやしたか」

「やあ、蓮蔵さん。だんだん慣れてきたけど、先輩に叱られてばかりだよ」

「坊ちゃん、叱られてなんぼですよ。麦も丈夫に育つように麦踏みをするって言うじゃありやせんか。それから、あっしのことは蓮蔵と呼んでくだせえ」

「蓮蔵、麦踏みのことをよく知ってたな」

助弥が笑って言った。

「知ってやすよ、麦踏みぐらい。あっしは深川生まれの深川育ちでやすが、死んだ親父は下妻（しもつま）の百姓の倅でしたから、春には丈夫に育つように麦の芽を踏むんだって聞かされやした」

「おめえも踏まれて、丈夫に育ったじゃねえか」

「確かに、あっしは丈夫だけが取り柄（え）で。けど丈夫が一番。ですよね、坊ちゃん」

「蓮蔵さん、坊ちゃんはやめてくれ。子供じゃないんだから」

「え？　坊ちゃんは坊ちゃんじゃねえですか。何か変ですか」

　だからそういうことじゃなくて……

と、蓮蔵が加わって三人は埒（らち）もなく言い合いつつ、渋井の後ろからゆるやかに反る永代橋の天辺（てっぺん）へとのぼっていく。

　永代橋は、北新堀から大川を越えて深川の佐賀（さが）町へ架かっている。まだ充分に明るい夕方の空の下、人々が永代橋をいき交い、大川向こうの深川の空には、群になって鳥影が舞っていた。

　深川の岡場所は、《北国（ほっこく）》や《北里（ほくり）》などと呼ばれた浅草吉原に対し、《辰巳（たつみ）》と呼ばれた。辰巳の中でも《深川七場所》と評判の岡場所が、土橋（どばし）、仲町、新（しん）

地、石場、櫓下、裾継、あひる、であった。

櫓下は永代寺門前の往来をいく仲町の途中にあって、深川山本町に表櫓と裏櫓の二ヵ所に分かれていた。山本町の北側を十五間川が流れ、同じ山本町の十五間川沿いには裾継の岡場所もある。

龍喬はその櫓下・裏櫓の防ぎ役であった。

まだ人通りの賑やかな往来の一ノ鳥居をすぎ、往来の北側の堀留から、渋井は入堀沿いの細道を裏櫓のほうへ折れた。

良一郎は、紺屋町の御用聞・文六親分の下っ引を一年と少々勤め、御用の下働きで岡場所に入るのは初めてではないが、裏櫓に入ったのは初めてだった。

裏櫓は周囲を板塀が囲み、両開きの木戸門が入堀に向いて開かれていた。木戸門のそばに柳の木と番小屋がある。

木戸門を通ると、番小屋の若い衆が格子ののぞき窓から黒羽織の渋井を認め、若い衆らはそれを承知していたらしく、不愛想に頭を垂れた。だがすぐに、渋井の後ろに良一郎と助弥の背の高い二人を見あげて唖然とした。

「よう、兄さん方、御用できたわけじゃねえ。安心しな」

蓮蔵がのぞき窓の若い衆に、軽口を叩いた。

木戸門から二曲がりした路地の両側に、板葺(いたぶき)屋根に出格子の二階家の割長屋がつらなり、路地奥の土塀でいき止まりになっていた。

そろそろ昼見世は退(ひ)けの刻限で、お茶を引いたのか、もう客が帰ったのか、出格子に女郎がひとり腰かけ、夕方の日が射す小路に現れた渋井らを、ぼんやりと見おろしていた。

どこの店先の張見世にも、夕方のこの刻限に女郎の姿はなかった。一切(きり)二朱の嫖客(ひょうかく)が戸口の女郎に見送られて路地を戻り、黒羽織の渋井や良一郎、助弥と蓮蔵へにやにやと笑いかけて通りすぎた。

路地奥の店で、女のあけすけな笑い声と嬌声(きょうせい)が聞こえた。

「旦那、ここです」

蓮蔵が小走りになって渋井の先へいき、屋根つきの井戸とその奥に小さな稲荷の祠(ほこら)があるわきの、そこだけが一軒家の引違いの格子戸を引いた。

「ごめんなさい。渋井の旦那がお見えです」

龍喬さん……

蓮蔵が格子戸の奥へ声をかけた。

すぐに龍喬が現れたらしく、蓮蔵は戸口で頭を垂れた。

「旦那、どうぞ。坊ちゃんも兄きも、さあ、入った入った」

　と、三人を促した。

「坊ちゃん、いきやしょう」

　助弥に背中を押され、渋井のあとから背を丸めて戸口をくぐった。

　店は案外に広い前土間があって、腰付障子を開け放った寄付きに、龍喬と女房らしき銀杏がえしの年増が坐って手をついていた。

「いいから手をあげてくれ」

　渋井が、寄付きの龍喬と女房に言った。

「渋井さまにわざわざお越しいただき、まことに畏れ入りやす。渋井さまにこんなところまでお越しいただけるとは、思ってもおりませんでしたので、蓮蔵さんに言われたときは、まさか冗談だろうと、思っておりやした。これは、女房のお勝でございやす」

「お勝でございます。お役目ご苦労さまでございます」

　龍喬と女房が手をあげ、龍喬は渋井から良一郎へ向いた。

「良一郎さん、先だっては。顔の腫れも引いて、痣もほとんど目だたず、だいぶよろしいようですね」

良一郎の脳裡に、万徳院の賭場の、眉をひそめた顔つきを凝っと寄こしていたいかつい龍喬の顔が甦った。あのときは屈強そうな体躯に黒っぽい着流しだったが、今日はよろけ縞の着流しに紺羽織を着けていた。

「龍喬さん、先夜はありがとうございました。危ないところを、助けられました」

良一郎は渋井の後ろで辞儀をした。

「とんでもねえ。良一郎さんが自分でくぐり抜けたんでさあ。お勝、背は高えが、この痩せっぽちの良一郎さんが、猪団蔵を打っ飛ばしたんだ。おれは、あの団蔵が良一郎さんに打っ飛ばされたのを見て、目を疑ったぜ」

「よくもまあ、あの恐ろしい団蔵を……」

銀杏がえしの下の艶やかな白粉顔が、良一郎を見つめて頬笑み、赤い唇の間から鉄漿が光った。

「とにもかくにも、渋井さま、むさ苦しいところでございやすが、おあがりくださいやし。助弥親分、ご無沙汰しておりやした。どうぞ、おあがりくだせえ。良一郎さんも蓮蔵さんも、さあさあ」

「いや。気を使わねえでくれ。まだ見廻りが残ってる。長居はできねえ。今日きたのは御用じゃねえのさ。おれの勝手な用できた。どうしても、あんたに会いたくてな。ちょいといいかい」

渋井は寄付きのあがり端を差した。

「いくらなんでもここじゃあ。せめておあがりくだせえ」

「いいんだ、いいんだ、ここで。おめえらはそこで待ってろ」

と、渋井ははずした大刀の柄頭に掌を乗せて鐺を土間に突き、あがり端にあっさり腰かけた。そして、

「こうしねえと、気が済まねえのさ」

と、軽々とした口ぶりで言った。

「さようで。ならお勝、渋井さまにお茶をお出ししな。みなさんにもだぜ」

あい、とお勝が退っていった。

「渋井さま、どのようなご用で」

「あんた、先だっての万徳院の賭場で、良一郎がおれの倅と知っていたそうだな」

渋井が良一郎を指差し、龍喬は表情をやわらげて良一郎を見やった。

「渋井さまのご長男が、良一郎さんとは聞いておりやした。良一郎さんが紺屋町

の文六親分の下っ引についてから、あの背の高いのは鬼しぶの倅だぜ、と教えてくれた者がおり、そのときは、遠くからお見かけしただけでちゃんとは見ておらず、背がずい分高えなぐらいしか覚えていなかったんでやすが、先夜の賭場で、お仲間を庇って猪団蔵に一歩も引けをとらず堂々と渡り合ったお姿を拝見し、おお、あれは渋井さまのご長男じゃねえかと思い出したんでございやす」

「迂闊だった。顔に青痣を作っていやがったから、何かあったなと気づいちゃいたが、十八の男をがきみたいに扱うのは気が引けて、困ったら向こうから言ってくるだろうと、何も訊かなかった。そしたら、昨日の瓦版で賭場の喧嘩騒ぎを知って驚いた。喧嘩騒ぎを起こした相手が、命知らずの猪団蔵とわかって肝が縮んだぜ。猪団蔵が深川に舞い戻っていたことも意外だったが、あれが猪団蔵相手によく息の根をとめられなかった、生きていられたと冷や汗が出た」

「そうでやすね。猪団蔵はささいな口喧嘩がきっかけで、相手を打ち殺すまで痛めつけて、それで兇状持ちになった男です。その団蔵が良一郎さんに伸されて起きあがれなかった。渋井さま、切れ味のいい見事な喧嘩っぷりでしたよ」

「そこなんだ。賭場は北川町の万徳院とすぐに知れた。蓮蔵に調べさせたら、斯く斯く云々と、あんたが間に入って喧嘩をとめてくれたお陰で、ひどいことにならずに済んだことがわかった」

「普通なら、世間知らずの若蔵がと思うところを、良一郎さんの喧嘩っぷりを見たら、つい余計なお節介をしたくなりましてね」

「お節介なもんか。当人はわかっちゃいねえだろうが、ここら辺まででやめておこうと思う相手じゃねえ。てめえの命なんぞ、ちっとも気にかけちゃいねえ相手だ。あんたのお節介がなけりゃあ、そんな物騒な命知らずを相手に、あれが御陀仏にされてもちっともおかしくねえ。それをまぬがれた。照れ臭えが、これでも父親だ。どうしてもあんたに、ひと言礼を言いたくてな」

「ご丁寧に、痛み入りやす。しかし、渋井さま、お気遣いは無用でございやす。あっしのほうも、久しぶりにいいものを見せてもらい、気分が清々いたしやした。倅を自慢に思う父親の気持ちが、わかるような気がいたしやした」

と、龍喬は良一郎へ笑いかけ、良一郎はいっそう身を縮めた。

「とんでもねえ。父親はただやきもきするだけさ」

渋井は、女房が盆に載せて運んできた煎茶の碗を手にとって言った。

前土間の三人には、若い衆が、「どうぞ」と茶碗を盆に載せて持っていき、店の中に茶の香りがほのかに流れていた。

「渋井さま、猪団蔵が江戸からまた姿を消したそうです。先だっての喧嘩で仲されてから、仲間との折り合いがどうも上手くいかなくなったらしく、それと、喧嘩相手の良一郎さんらが、見習ではあっても町方なので、足がつくのを恐れて、あのあとすぐに逃げ出したと、噂が聞こえましてね。無頼な男ですが、あれでなかなか用心深いのです」

「猪団蔵は、南北両町方のみならず代官所も追ってるが、どうしても尻尾がつかめねえ。すばしっこい野郎だ」

「まったくで」

龍喬はにんまりと笑みを見せた。それから、短い物思わし気な沈黙があった。路地奥のほうで、女の笑い声と嬌声がまだ続いている。

渋井は、「そろそろ……」と碗をおき、腰を浮かした。

と、龍喬は世間話の続きを聞かせるように沈黙を払った。

「定廻りの鬼しぶこと、北町の渋井さまにわざわざおこしいただいたこの機会ですから、ひとつ、土産(みやげ)話をお聞かせいたしやしょう。先だっての喧嘩騒動の瓦版にほんの少々、かかり合いのあることでございやす」

龍喬はうっすらと笑っていた。

「ただし、人伝の噂でございますよ。真偽のほどは定かじゃあございやせんし、瓦版の種でもございやせん」

「昨日の瓦版に、かかり合いがある話？」

渋井は浮かしかけた腰を沈めた。

「喧嘩騒ぎのあった先夜の万徳院の賭場に、馬喰町の読売屋が二人居合わせたんでございやす。そいつらが、良一郎さまが渋井さまのご長男、すなわち、北町の鬼しぶの倅と知って、こいつは瓦版の種になると見て、売り出したのが、昨日の瓦版でやす。それは措いて、そいつら二人のほかに、先夜はたまたま賭場にはおりやせんでしたが、もうひとり、朝吉という読売屋がおりやす。三人はつるんで、万徳院の賭場によく出入りしておりやす。その朝吉が、うちの女郎に馴染がいて、ちょくちょく客になるんでございやす。土産話は、馴染の女郎が朝吉から聞いた話なんでございやす」

「読売屋の、寝物語だな」

「朝吉が女郎に言うには、読売屋の稼ぎは知れている、読売屋は江戸中を動き廻ってても怪しまれねえからやってるだけで、本業は別にあって、本業の稼ぎは読売屋の給金とは比べ物にならねえんだぜと、ずい分得意げだったそうでございやす。女郎はどうでもよかったんでやすが、客だから仕方なく、どんな本業なのさと聞いたところ、朝吉はいいかここだけの話だぞと念押しして、ある筋からお値打ち物のあるお宝が、江戸のある所の秘密のお蔵へこっそり運ばれてくる。それを、朝吉らがお得意さまのところへ、こっそりお届けするんだと。そうすると、お蔵のご主人からたんまり手間代がいただけるんだそうでございやす。むろんお得意さまは、お金持ちばかりで、中には相当のご身分のお武家さまもいるし、八州の上野(こうづけ)や下野(しもつけ)あたりからも、わざわざお宝の買いつけに江戸へくる物好きなお客さまもいると、朝吉自身がしきりに感心して言っていたとも聞きやした」

渋井は、ちぐはぐな目をいっそうちぐはぐにして首をひねった。

「ある筋からお値打ち物のあるお宝ってえのは、なんだ。江戸のある所の秘密のお蔵へこっそりだと?」

「これ以上は言えねえ、言ってもおめえにお宝の値打ちはわからねえし、と朝吉は女郎に気を持たせた素ぶりだったとか。で、朝吉のお宝の話は、その寝物語の一回きりでございやした。どういう筋から、どんなお値打ち物のお宝が、江戸のどこへ運ばれてくるのか、朝吉は用心して話しませんでした」

「そうかい。ふうん……」

と、渋井は龍喬にかえした。ふと、念のためにという様子で、前土間の助弥と蓮蔵に声を投げた。

「助弥、蓮蔵、おめえらは、今の話に似たような噂を聞いてねえかい」

「旦那、何年か前、西国で盗まれたお値打ち物の茶碗が、越後の村上藩で見つかったって話がありやしたね。藩の役人が探ったところ、出どころは上方でも西国でもなく、じつは江戸らしいとわかったって話が」

助弥が言った。

「あったな。覚えてるぜ。出どころが江戸らしいというだけで、なんの手がかりもなかったから、奉行所は詳しい調べもせず、有耶無耶に終った一件だった」

「龍喬さんの話を聞いて、それを思い出しやした。ちょっと引っかかりやすね。全然かかり合いのない話かもしれやせんが」

「西国のわけありのお値打ち物が、一旦江戸へ運ばれ、また諸国へ流れていくってえのは、いかにもありそうだ」

「兄き、わけありのお値打ち物って、どんな物なんです？」

蓮蔵がすぐに呑みこめずに訊きかえした。

「例えば、西国で盗まれたお宝とかさ」

助弥が言い、蓮蔵は、ああ、ああ、と頷いた。

「だが、そうなると、町方より勘定方が乗り出しそうな一件だ。町方にはちょいと荷が重い。だとしても、その読売屋の朝吉は、あたってみたら、妙に面白え事情が見えてくるかもな。だめで元々だし」

「渋井さま、朝吉は江戸のある所の秘密のお蔵は何も話しませんでした」

龍喬が繰りかえした。

「ふむ。寝物語の一回きりだったんだな」

渋井も繰りかえした。

「ではございやすが、別の日の寝物語で、朝吉は、ある知り合いの好事家ふうの、裕福そうな、それでいてどこか謎めいた、相当心服しているらしい旦那の話を、当人はたぶん気づかずに女郎に話していたんでございやす。旦那が斯く斯く云々と仰るからとか、そんな感じで話しの流れで口にしたそうで。それも二、三度。女郎にしてみれば、どうでもいいよと思いつつ、馴染にしてくれるお客の話だから、我慢して聞いていたそうでございやす」

「旦那の名は、聞いてるのかい」

龍喬が思わせぶりに頷いた。

「新橋北の八官町で古物商の《備前屋》を営む傳九郎。女郎はそう聞いたと、言っておりやした。その備前屋のお蔵が、さっきのある筋からのお宝の運び先かどうか、朝吉は何も言っておりませんのでわかりやせんが」

「助弥、蓮蔵、八官町の備前屋傳九郎は知ってるかい」

二人は、腕組みをして首をひねった。

「そうかい。備前屋傳九郎がどんなお宝を扱ってるか、一度探ってみてもいいかもな。面白い土産話を聞かせてもらった。礼を言うぜ」

渋井は腰をあげ、刀を腰に帯びた。

「どういたしまして。良一郎さん、万徳院へいかれた折りは、一度是非、こちらへも足をお運びくださいやし。こういうところで脂粉の香を嗅いで、気疲れのする御奉行所勤めの息抜きをなさるのも、たまにはよろしいのではございやせんか」

龍喬が膝に手をつき、丁寧な辞儀をした。

良一郎が恥ずかしそうにすぼめた肩を、蓮蔵がにやにや笑いをして突いた。

三

昼の名残りの明るみが、日没のあと急速に暗く色褪せていく宵の刻限、市兵衛と六平は、京橋北の小路に歩き疲れた足を運んでいた。

暗い裏通りの所どころに、酒亭の軒行灯や酒も呑ませる一膳飯屋の赤提灯が、寂しく灯っていた。

「宗秀先生の診療所をお訪ねするのは初めてです。二月に一度ぐらいの割合で築地の屋敷に往診に見えられますので、お訪ねしたことがないのです。父と母の脈をとり、染右衛門の老体を診たりもなさいます。わたしには、食いすぎを控えて身体を鍛えなさいと、くるたびに言われます。はは、でも宗秀先生に何度言われても、食うのはやめられません」

六平は屈託なく、むしろそんな自分がおかしそうに言った。しかし、すぐに深刻な口調に改まって続けた。

「でも、この流行風邪に父がやられて、心配でなりません。口うるさくて小言ばかり言われますが、父にもしものことがと思うと、飯が美味くないのです。飯が喉を通らないのです。これから笹山家一門はどうなるのだろう。不安だな」

「いずれは、六平さまが家督を継ぎ、笹山一門を率いていく覚悟を、するしかないのです。六平さまご自身が、お決めになることです」

市兵衛は、六平の飯が喉を通らないとは思えないが、力づけるように言った。

「わたしに、当主が務まるのでしょうか」

「務まりますとも」

即座に言った。

「姉が二人いて、どちらも笹山家より家禄の低い旗本に嫁いでいるのですがね。たまに亭主と子とともに父や母の機嫌をうかがいにきて、子供を叱るようにわたしに言うのです。しっかりしなさい、旗本らしくしなさいと、口うるさいのです。亭主までが、うちより家格の低い旗本のくせに、六平さん、ああしないといけないよ、こうしないといけないよ、と御番入りの手ほどきを知ったふうにするんです。自分たちだって、先代の番代わりでお役に就いているだけで、わたしが父の小普請を継ぐのと同じではありませんか。それを、まるで自分が有能だからその役目に就いているかのように、わたしを見くだすのです」

「六平さま、宗秀先生の診療所です」

市兵衛は、宵闇の先の店を指差した。連子格子の窓があり、窓に並んだ腰高障子に映るぼうっとした明かりが、今にも消え入りそうに見えた。

「え、あれが宗秀先生の診療所なのですか。高名な宗秀先生の診療所には、門も庭もないのですか」

診療所のいかにも小店の佇まいが、意外そうに訊きかえした。

「ありません。さあ……」

と、市兵衛は六平の大きな丸い背中に言った。

宗秀の店には、先客の矢藤太がいた。

表の土間に入り、普段は患者が診察の番がくるのを待つ寄付きの間仕切に呼びかけると、間仕切の奥から「市兵衛か」と宗秀の温かな声がかえり、間仕切が引き開けられ、宗秀と今ひとり、矢藤太が立っていたのだった。

二人とも、白い晒の覆面で口と鼻を覆っている。

「矢藤太、きてたのか」

「そろそろ市兵衛さんのくるころと見計らい、先廻りしていたんですよ。あたしの読みが的中しました」

矢藤太が戯れて言った。

市兵衛は矢藤太の戯言の相手にならず、宗秀に言った。

「先生、六平さまをお連れしました」

宗秀は、薄暗い土間に市兵衛と立ち並んだ肥え太った大柄な六平をすぐに認め、明るく笑いかけた。

「六平さまがわが診療所に見えられるのは、初めてですな。まずはおあがりください。いや、まずは口と鼻を覆うのが先だ。ちょっとそこで待て」

「先生、晒の端布を持っております」

懐から白い端布をとり出し、奥へいきかける宗秀を止めた。

「よかろう。二人ともそれをつけてあがれ。お登喜さん、お登喜さん……」

宗秀は、前土間が勝手のほうまで続く奥へ呼びかけた。

はいはい、と奥の勝手で夕餉の用意をしていたらしいお登喜が土間に下駄を鳴らし、手拭で濡れた手をぬぐいながら姿を見せた。お登喜は隣町の炭町の孝之助店に住む夫婦二人暮らしのおかみさんで、もう何年も前から宗秀の診療所で働いている。

お登喜も端布で覆面をしている。

寄付きの奥の診療部屋は、小路側が連子窓になっている。障子戸が透かしてあり、とき折り、人影が窓ごしに小路を通った。

四人はその診療部屋に車座になって、煩わしい覆面を顎の下へずらし、お登喜が支度を調えた饂飩と、味醂粕で漬けた瓜、胡瓜、茄子、蕪を食いながら、ぬる燗の酒を呑み始めた。

市兵衛と六平は、半刻（約一時間）前の七ツ半すぎごろ、下谷の飯屋で夕飯を食ってきた。だが、柳町まで戻ってくる間に六平はすっかり腹を減らし、父親の流行風邪が心配で飯が喉を通らぬと言っていたのに、変わらず旺盛な食べっぷりだった。

「はあ、美味かった。やっと腹が落ち着きました」

六平はたちまち饂飩を平らげ、細い目をなおにこやかに細めた。

「六平さまは、余ほどひもじかったのですな。今日はどちらへ」

宗秀は六平に訊いた。

むろん宗秀は、六平が卯平の代人で助役に雇った市兵衛を伴い、借金のとりたてに廻っていることを知っている。

「今日は下谷の御家人屋敷を三軒廻りました。数両の借金なのですが、どちらの台所事情も日々の暮らしがぎりぎりのあり様で、返済の目処はたちませんでした。三軒とも、結局は借受証文の書き替えにいたしましたが、天利と書き替えの筆墨料が払えず、情けないと泣かれましてね。天利分は後日改めてとりたてにいき、筆墨料は割引にいたしました。まあ、わずかな額ですからね。わたしがたて替えて、父には申しません」

と、六平は粕漬けの胡瓜をぽりぽりと鳴らしてかじり、ぬる燗の杯をほっとした様子であおった。

「借金のとりたて役に市兵衛をお雇いになられたのですから、それでは、市兵衛はあまり役にたっておりませんな」

「そうではありません。市兵衛さんが、借受人に斯く斯く云々ですよ、よろしいのですね、とその場で勘定をし、天利と書き替えの筆墨料をどのように工面するかなどの相談をまとめてくださり、どうにか、証文の書き替えまでこぎつけられたのです。これがわたしと奉公人の染右衛門でしたら、ぶつぶつと文句を言っても埒が明かず、ため息をつくばかりだったでしょう」

そこで、矢藤太が言った。

「そうかい、市兵衛さんがとりたて屋になったかい。市兵衛さんがとりたて屋を始めるとは思わなかったぜ。あっしがそういう勧めはどうだいって勧めたら、気の毒だの可哀想だの、言いそうなのに」

「人によるさ」

市兵衛はぬる燗の酒を舐めつつ、あっさりと受け流した。

「しばらく市兵衛さんの姿が見えねえから、もしかして流行風邪にやられたかと心配して永富町の店へ見にいったんだ。そしたらご近所さんが、ここ数日、市兵衛さんは柳町の宗秀先生の中立で、築地本願寺のほうのお屋敷勤めを始めたらしいと言うじゃねえか。で、宗秀先生にどちらのお屋敷かを訊くついでに、流行風邪の用心も教わっとこうと思って足を延ばしたところ、すぐに市兵衛さんの相変わらず呑気な声が聞こえたから、心配してたのが拍子抜けだったぜ」

すると、六平がはや親しげに、矢藤太へ声をかけた。

「矢藤太さんのお身内で、流行風邪で寝こまれた方はおられませんか」

矢藤太が、三河町三丁目に店のある、主に武家の一季や半季の奉公人の請け人宿《宰領屋》の主人で、市兵衛の長年の友であることを、六平はすでに聞いている。

「へい。まことに幸いなことに、身内でやられた者は、今のところおりません。女房の両親が同居しておりますが、高齢ながらいたって元気で、ありがたいことでございます」

「お内儀(ないぎ)のご両親は、おいくつぐらいなので？」

「お内儀って柄の女房じゃあありませんが、父親のほうも母親のほうも、五十代の半ばをすぎ、六十近い歳(とし)でしてね。この流行風邪は年寄がやられると聞こえていましたので、だいぶ用心しております」

「お内儀のご両親は、ご丈夫なのですね。わたしの父も六十前なのですが、先月流行風邪にやられて、未(いま)だ起きることがかないません。だいぶ弱って、本人はもう回復は無理だと思っておるようです」

「いやいや、六平さま、悲観してはなりません。流行風邪を克服した年寄も、大勢おります。治るぞと、強い気持ちを持つことが大事なのです。お父上にそのように伝え、励まして差しあげてください」

　と、宗秀が即座に言った。

「わかりました。宗秀先生にそう言っていただくだけで、気が晴れます」

「それで、六平さまが見えられたのは、何かご用なのでは」

「いいえ、用があってお訪ねしたのではありません。ただ、父がやっている金貸を、いやだなと思って傍(はた)から見ておりました。父が起きられなくなり、わたしが父の代人としてとりたてをやってみて、世の中の見方が少し変わりました。体面を保つためや、身内に急病人が出たとか、やむを得ぬ物要り(ものい)が続いたとかで、高利であっても借金をしなければならない武家が多いことに、改めて気づかされた次第です。あんな強欲な父でも、いないと困る人がいるのだなと」

「ふむ。確かに、それもまたあります」

「そしたら、流行風邪にやられた父がちょっと可哀想(かわいそう)に思え、宗秀先生に父のことをよろしくお願いしますと、わたし自身が先生にお伝えしたくて、市兵衛さんにお頼みして連れてきてもらいました」

「そうでしたか。この正体の知れぬ流行風邪に、医者にできることはわずかしかありません。であっても、医者として全力をつくし、為(な)すべきことを為します。六平さまのそのお気持ちは、きっと、お父上に通ずると思いますぞ」

宗秀が言い、六平は丸い頬を震わせ、「はい」と嬉しそうに頷いた。

「六平さま、笹山家は千五百石のお旗本でございますね」

矢藤太が、言葉つきを変えて言った。

「はい。小普請の無役ですが」

「小普請でも、家禄千五百石は大身です。それほどのお武家さまは、ざらにはいらっしゃいません。宰領屋はあっしで二代目の、神田で長く営ませていただいている口入屋でございます。先ほども申しましたように、主にお武家屋敷の一季半季勤めの奉公人の口入を請け、よい奉公人を口入してくれたと、彼方此方（あちこち）のお武家さまから喜ばれております。笹山家で新たに奉公人を雇い入れる機会がございましたら、何とぞ宰領屋にもお申しつけくださいませ」

　はあ、と六平は曖昧（あいまい）にかえした。

「矢藤太、六平さまは今、お父上の病を案じておられるのだ。その話は、日を改めてお屋敷にうかがってすればよかろう」

「それはそれ、これはこれだよ。お父上が病のときだからこそ、人手が必要になることだってあるじゃないか。だから、市兵衛さんは借金のとりたて役に雇われたんじゃないか。でございますよね、六平さま」

「あ、ええ、まあ……」

　六平はまた曖昧にこたえた。それもそうかと、市兵衛と宗秀が苦笑を交わしたとき、六平が矢藤太に真顔になって言った。

「宰領屋さんは、武家屋敷の口入をやっておられるなら、虎之御門外の広川家はご存じですか。江戸見坂下に広大な拝領屋敷があり、笹山家など比べ物にならない五千石の寄合席の広川家です」

　矢藤太は呑みかけの杯をあおって盆に戻し、

「広川家？　存じておりますとも。存じているどころか、広川家は宰領屋の先代のころからお出入りを許されており、宰領屋のお得意さまでございます」

　と、得意げに言った。

「宰領屋は、広川家にも口入をしていたのか」

　市兵衛が聞きかえした。

「そうさ。言わなかったかい。五千石の大家になると、代々仕える家臣をそれなりに抱えて、家宰(かさい)役や勝手向きを預かる勘定方までそろっているからね。下男下女や中間なら出替わりをするので新たなお雇いはあっても、渡りの侍奉公先はかえって少ないのさ。市兵衛さんの奉公先なら、せいぜい千五百石ぐらいのお屋敷がぎりぎりってところじゃないかい」

　矢藤太は悪びれた色も見せずに言って、六平が細い目をしばたたかせているのに気づき、うっ、と口を押えた。

「よろしいのです。お気になさらずに」

　はは、はは……

と、六平は無理矢理笑った。

「それより、矢藤太さんが広川家にお出入りなさっているなら、広川家のご当主の広川助右衛門さんのことは、ご存じと思うのですが」

「そりゃあ、むろん、存じあげております。助右衛門さまは、婿養子として広川家に迎えられ、ご当主に就かれた方でございます。三年前の、文政五年の閏（うるう）一月のことでございましたかね。隠居をしております先代とともに、祝いの品を携え、ご挨拶にうかがいました」

「では、助右衛門さんが広川家の婿養子に迎えられる前は、大手門の下勘定所に勤める勘定衆だったことも、ご存じですか」

「存じておりますよ。あれは、お武家さまの間でだいぶ評判になったんじゃございませんか。あっしら口入屋仲間でも、噂になりましたから。何しろ、勘定衆の職禄の百五十俵は、高給とは言えずとも、まああの禄でございます。勘定衆百八十名余の多くが、勘定衆の親や兄の跡を継ぐように子供のころから算勘を厳しく仕こまれ算勘に長（た）けた者の中から、さらに選びに選ばれた秀才ぞろい。人並みの秀才では就けるお役目ではございません。その選（え）りすぐりの秀才が落ちこぼれぬよう鎬（しのぎ）を削る中で、助右衛門さまは一頭地を抜くと、勘定所の誰もが認める秀才だったそうでございますね。助右衛門さまの家柄さえゆるせば、勘定組頭に就いてもおかしくないと言われていると、評判でございました」

六平は粕漬けをかじりつつ頷き、矢藤太は調子よく続けた。

「広川家は、家督を継ぐ男子がおられません。みなご息女ばかりでございます。広川家のご先代が、助右衛門さまのご評判を聞かれ、それほどの秀才ならばと、助右衛門さまをご長女の婿に迎え広川家の家督を譲る、という縁談が持ちあがったんでございます。秀才の中の秀才が集まった勘定衆ではあっても、無役の寄合席ながら家禄五千石の大家の当主に就くなど、まさに夢のようなご出世でございますよ。評判にならないはずがございません」

「広川助右衛門さまの生まれは、どういうお家柄なんだい」

と、宗秀が口を挟んだ。

「それがさ、助右衛門さまのご出自は、なんと、お旗本でさえなく、御家人の新庄家なのさ。新庄家は小普請の家禄三十俵余。一家そろって内職に明け暮れる貧乏武家さ。その貧乏武家のご長男が、算勘に長けた秀才だった。当然のごとく、助右衛門さまは新庄家の将来を託す希(のぞ)みだったに違いない。そして、新庄家の希み通り、得意な算勘の能力が認められ、職禄百俵の下役の支配勘定に御番入りして、支配勘定から勘定衆に抜擢されたのが二十代の半ばごろ。それから、勘定衆に就いて一年もたたないうちに、広川家の婿養子の縁談が持ちあがったってわけさ」

「新庄家のほうは、どうなったのだ」

「長男の助右衛門さまが広川家のご養子になられたのだから、新庄家は弟さんが継いでいるらしい。算勘に長けていなければ勘定衆は務まらない。弟のほうは算勘が得意ではないらしく、新庄家はまた小普請入りとなった。たぶん、身分が違いすぎる所為で、広川助右衛門さまと御家人の新庄家とは、今じゃあ没交渉だって聞いてる。広川家との縁談が持ちあがって、新庄家は天と地がひっくりかえるほど吃驚したろうし、いろいろ翻弄もされたんだろうな」

六平は、呑みかけの杯を両の太い指先で胸元につまみ持ち、矢藤太の話に耳を凝っと傾けていた。そして、矢藤太が言い終えると、

「矢藤太さん、助右衛門さんが広川家の婿養子に迎えられたのは、助右衛門さんが算勘に長けた有能な方だからと、本途にただそれだけなのですか。ほかにも何か、わけがあるように思えるのですが」

と、首筋の肉がはみ出るほど頭をかしげ、指先でつまみ持った杯の酒を、美味

そうに呑み乾した。

四

「ほう、ほかにもわけが？」

　矢藤太は、意外なことを聞いたかのように聞きかえした。

「六平さまは、ほかにどういうわけがあると、お考えなんでございますか」

「わかりません。そういう気がするだけです」

　六平は粕漬けの茄子を口に放りこみ、丸い頰をゆらして咀嚼しつつ考えた。

　ふと、市兵衛も気になって訊ねた。

「矢藤太。五千石の旗本と三十俵余の御家人では、家格がだいぶどころかあまりにもかけ離れている。普通は、家格の違いすぎる家柄の相手から婿養子を迎えることはまずない。余ほどの事情がなければな……」

「なんだい。助右衛門さまの婿入りが、市兵衛さんも気になるのかい。助右衛門さまの婿入りには裏事情があるのではと、勘繰ってるんだね」

「矢藤太なら、裏がありそうだと思ったら、放っておかないだろう。彼方此方、聞き廻ったのではないか。何かあるならわたしも聞きたい。教えてくれ」

「へえ、そうかい。するともしかして」

と、矢藤太は市兵衛に薄笑いを見せ、それを六平に向けた。

「六平さま、広川助右衛門さまは、五千石の大家にもかかわらず、笹山家から多額の借金をしており、未だ返金が滞っているとか、そういうことなんでございますね。広川家にとりたてにいく用があるから、気になさるんでございますね」

矢藤太は、言いあてた顔つきになった。

六平は少し困った素ぶりを見せながら、助右衛門の借金には触れなかった。

「じつは、助右衛門さんとは、助右衛門さんが支配勘定に就いたころからの知り合いなのです。ある場所で偶然ご一緒する機会があり、言葉を交わす間柄になったのです。助右衛門さんのほうから、笹山六平さんだろうと声をかけてくださったんです。助右衛門さんは支配勘定衆の中でも、すでに勘定衆に昇進するのは間違いなしと注目されている方で、家禄三十俵のお家柄ながら名は知られていました。一方、わが笹山家は家禄千五百石の大家と言われていますが、わたしはむだに太っただけのできの悪い倅です。家柄が上でも、助右衛門さんの頭のよさに、わたしなど到底敵いません。助右衛門さんは、内心ではできの悪いわたしを軽んじていましたから、話しかけやすかったのでしょうね。友というほど親しい間柄ではありません。ただの知り合いです」

「六平さまと助右衛門さまが知り合われた、ある場所とはどちらで」

宗秀が訊いたが、六平はそれにもこたえず、自分の話を続けた。

「助右衛門さんは、わたしより二つ年上です。二十代半ばの若さで勘定衆にとりたてられたときは、本途に有能な人なのだなと感心ばかりしていました。しかも、それから一年もたたずに、笹山家など足元にも及ばない五千石の広川家に婿養子に迎えられ、広川家の当主を継ぐと聞いたとき、三十俵余の御家人の倅だった助右衛門さんは、算勘が長けている自分の力で見事に出世を果たし、五千石の旗本の身分をつかんだ、凄(すご)いことをやってのけたと思いました」

「そうお思いなのに、六平さまは助右衛門さまのご出世には、ほかにもわけがあるのではと、疑念を持っていらっしゃるんでございますか」

矢藤太が言った。

「いえ、疑念というのではないのです。ただ、少々気になるのです。今は大家の広川家を継いだご当主なのに、支配勘定に就いた御家人のころのように落ち着きがなく苛々(いらいら)して、ときにはびくびくしているようにも、お見かけします。お屋敷では違うのかもしれませんが、わたしの前ではちっとも大家のご当主らしくないので、それがなぜなのかなと思って……」

「なるほど。五千石のご当主のご身分にかかわる、他人に知られてはよろしくないある場所に、今なおこっそりとお出入りなさって、支配勘定衆のころ、そこで六平さまと顔見知りになられたときのように、他人にはわからぬ鬱屈を晴らしておられるのかもしれぬのですな」

意味ありげに、宗秀がほのめかした。

六平は、悪戯が見つかった童子のような、照れ臭そうなにやにや顔になった。

「そうだろう、市兵衛」

「さあ、それは……」

市兵衛が素っ気なくそらすと、宗秀と矢藤太が高笑いをまいた。

宗秀の店の裏手の炭町の、板塀と細道を隔てて板屋根を並べている色茶屋で、嫖客の戯れる声と茶汲女の細い笑い声が、聞こえてきた。

勝手の土間では、お登喜の下駄が鳴っている。やがて、

「六平さまの仰る、わけってほどのことではございませんよ。しかし、そういう事情もありそうだなと思った、いかにもまことしやかな噂を、以前、聞いた覚え

がございます」

と、矢藤太が腕組みをし、顎に掌をあて勿体をつけて言い始めた。

「広川家の元は、徳川さまが天下をとる以前の、小田原北条家の重臣として仕えていたご一門で、北条家が滅んだのち徳川さまに召し抱えられ、徳川さまの江戸入城の先導役を果たし、旗本にとりたてられたと聞こえております」

「ほう、そんなに古いお家柄なのですか」

「のようでございますね。そののち、関ヶ原、大坂の役でも手柄をたて、三代の家光さまのころには、広川家の家禄は九千石を超え、数年は上野の所領より参勤交代をなされていたこともあるお家柄だったようでございます。それから、分家などがあって、今の虎之御門外に拝領屋敷を賜り、家禄五千石の旗本の広川家が当代まで続く始まりは、もう百年以上前の元禄の御代でした。そののちも代々御公儀の重役に就いていたのが、九代の家重さまのころに粗相があったとかで無役の寄合席に入り、以後、五代続いて寄合除けはならなかったご一門でございます」

「五代にわたり、広川家の御番入りはなかった。そのことが、助右衛門さまを婿養子に迎えられた事情とかかわりがあると、噂を聞いたのか」

市兵衛が言うと、六平が瓜の粕漬けをかじりつつ、ふむふむ、と頷いた。

「まあまあ、落ち着いて、市兵衛さん。これから話すから」

矢藤太は余裕の素ぶりで手をかざし、市兵衛を押さえた。

「六平さま、あっしが聞いた噂では、名門の広川家を継いだご先代は、五代続く無役の寄合席を不甲斐ないと、思っておられたようでございます。戦国の世じゃあ数々の手柄をたて、徳川家でも代々重き役を勤めてきた広川家の本家が、このまま無役のままでよいものか、どうにかして御公儀の御番入りを果たさねば、ご先祖さまに面目がほどこせぬ、次の代を継ぐ婿養子には御番入りを果たすことのできる有能な者をと、お子さまはご息女ばかりでございましたので、そのようにお考えになられたんでございましょうね。しかしながら、御番入りができても、広川家のご当主が、番方であれ役方であれ下役では話になりません。せめて勘定奉行、あるいは町奉行、それと同等ぐらいの重き役を希まれ、御公儀内でそういう口利きや家同士の中立に詳しい方にご相談なされたところ、なんと、御家人の勘定衆・新庄助右衛門さまのお名前が出た、というのでございます」

ほう、と六平は感心し、だがすぐに訊いた。

「助右衛門さんは、確かに算勘には長けていますが、勘定衆以外ではこれと言ってとりたてて……」

「ご相談相手が、言ったそうでございますよ。お武家であっても、これからの世に人の上に立つ者は、第一が家柄家格、第二が頭のよさが大事だと。武芸で重き役を希める世ではない。武芸が不得手なら、武芸を得意とする者を召し抱えればよいだけのこと。家柄家格は、五千石の広川家は申し分ない。新庄助右衛門は、御家人ながら勘定衆の中で抜群の頭のよさと評判で、上役の勘定組頭からも一目おかれている秀才の中の秀才。新庄助右衛門を婿養子に迎え、まずは小普請奉行、作事(さくじ)奉行、遠国の京都(きょうと)奉行などをへて勘定奉行に就き、その次に町奉行と歴任するのも、決して絵空事ではないと勧められ、この不釣り合いな縁談が進んだと……」

「そういうことだったのか」

と、六平は納得したように大きな膝を手で打った。

「そうそう、それと、この縁談を進めるについては、広川家の重き役への御番入りをそもそも目指しているゆえ、婿養子の出自が身分の低い御家人とご重役方にとり沙汰されないよう、新庄家との交流は厳(げん)に慎(つつし)み、また、助右衛門さまの常日ごろのふる舞いを慎重にし、万が一、慎みを怠り、名門の広川家には相応(ふさわ)しからぬ素行、もしくは広川家の品格を損なう行いが見られた場合は、親類一同協議のうえ離縁になってもいたし方なしと、一筆、証文まで入れさせられたと、噂ではそのようなことも聞いております」

「証文までとは、出世街道をはずれたら広川家には用なしか。所詮(しょせん)、婿養子は出世のための道具なのだな」

市兵衛が言うと、矢藤太は苦笑いをかえした。

「だから、これはあくまで噂話さ。確かめたわけじゃない。あまりの出世に、やっかみで、そういう噂が流れただけかもしれないし」

しかし、六平は市兵衛へ向いて気の毒そうに言った。

「助右衛門さまは、算勘に長けた秀才らの中から抜きん出て、勘定衆にまで昇られました。御家人の身分ではそこまでのはずが、もっと出世のできる道が開けて、きっと今も懸命に出世街道を昇っていらっしゃるのですね。それじゃあ、息抜きがしたくなるのも、無理はありませんよ」

「はい。六平さまの仰るとおり、もしもそうなら、無理はありません」

市兵衛は六平に頰笑みかえした。

宵の帳(とばり)がおりた同じころ、商いを終えて表の板戸を閉(た)てた八官町の古物商・備前屋の店に、主人の傳九郎が戻ってきた。

その日の早朝、傳九郎は紺羽織の下に無地染め黒茶色を着けた老舗(しにせ)の主人のように拵(こしら)え、老僕の小吉郎を従え、船で小名木川、中川をすぎて舟堀を遡(さかのぼ)り、東宇喜田の元船頭の幾左衛門を訪ねたのだった。

幾左衛門は、利根川(とねがわ)より分流する江戸川の河口に近い堀江の、渡船場の元締めだった。

江戸川の流れが渡船場から入堀に分かれ、東方の猫実(ねこざね)の海にもそそいでいる。

幾左衛門は渡船場の元締めの顔の裏で、舟堀の東宇喜田と猫実一帯を縄張りにし、船乗りや漁師、百姓、無宿渡世の博徒らが集まる賭場の貸元でもあった。幾左衛門のひと声で、命を的に身体を張る物騒な手下を大勢束ねていた。

傳九郎と幾左衛門が手を組んだのは、もう十年以上前の、傳九郎が江戸に下ってほどなくだった。

幾左衛門は荒々しく激しい気性を持つ反面、儲け話に目がなく、金勘定が異様に細かいやくざでもあったから、傳九郎が持ちかけた儲け話にすぐ乗ってきた。

すなわち、西国や上方の値打物の盗品を、西廻りや上方よりの廻船(かいせん)の船荷にまぎらわして江戸へ運び、通常の船荷は鉄砲洲沖でおろしたあと、盗品の船荷を東宇喜田沖で夜陰に隠れてひそかに瀬取りし、それを手分けして、江戸の八官町の備前屋まで運ぶ役割を、幾左衛門は請け負ったのだった。

危ない橋を渡るだけに、それは傳九郎にも幾左衛門にも大きな儲けになった。だが、傳九郎と幾左衛門は、もっと大きな儲けを希んだ。もっと多くの荷を運ぶことができれば、もっと大きな儲けになることがわかっていたからだ。

「元締め、中川の番所さえ通れれば、舟運でこれまで以上の荷が運べるんだがね」

「傳九郎親分、中川の番所を甘く見ちゃあいけませんぜ。御番衆の目は誤魔化せても、茶屋の亭主らの検めをくぐり抜けるのは無理だ。すぐに足がついて、二人そろって、獄門台に首が並びますぜ」

以前、傳九郎と幾左衛門は、「中川の番所さえな……」と、そんな話をして惜しがったことがある。

その日、傳九郎は幾左衛門を訪ね、久しぶりにその話を持ちかけた。

幾左衛門は、大きな目をいっそう見開き、耀かせた。傳九郎の持ちかけた話に、金儲けの臭いを嗅いだのだった。

「そりゃあ、御番衆と茶屋の亭主をひとりでも手なずければ、できますがね」

「できるさ。向こうから転がりこんできた儲け話だ。この機会を見す見す逃す手はないだろう」

と、傳九郎と幾左衛門は意気投合した。あとは、この企てに邪魔な、喉に刺さった小骨を取り除くことだけだった。

「雑魚の小骨だが、喉に刺さっては放っておけない。綺麗に跡形もなく、とり除いてほしいのさ。どこへ消えたか、誰にもわからないし、消えたことさえ気づかれないように、姿が見えなくなる。やってくれるなら、手間代を払う」

「けど、傳九郎親分、雇われ浪人はいいが、旗本の倅が行方知れずというのは、間違えなくお上の詮索が厳しくなりやすぜ」

「そいつは大丈夫だ。どら息子の亡骸さえ出なけりゃあ、いいのさ。仮令、旗本だろうとすぐに放っておかれる。打つ手は考えてある」

傳九郎は云々と打つ手を話して聞かせた。

「なるほど。手間代はいくらで？」

「ひとり二十五両の、二人で五十両。前金が半額の二十五両。仕事が済んだら残り二十五両でどうだい」

「二人で五十両ですかい。まああかな。ばらした骸を二つ、誰にも知られねえように、はるか沖に運んで魚の餌にしちまえばいいんでやすね」

「そうだ。元締めにしかできない仕事だよ」

「ちょうどいい具合に、無宿渡世の気の荒いのが七人ばかり、うちでごろごろしておりやす。みな、金を稼ぎたくてうずうずしていやがる。そいつらにやらせやしょう。さっさと片づけて草鞋(わらじ)を履かせりゃあ、始末したほうもされたほうも、ぷっつりと姿が見えなくなるってわけだ」

傳九郎が幾左衛門と手筈(てはず)を決め、東宇喜田から新橋北の八官町に戻ったその宵の刻限には、三太と恵造と朝吉の三人が、備前屋で傳九郎の帰りを待っていた。

傳九郎は休む間もなく、三人を内証に呼んだ。

女房のおりょうと老僕の小吉郎も同座して、傳九郎は早速三人に言った。

「幾左衛門と五十両で話をつけた。儲け話には目がない男さ。この話に乗ってくるのはわかっていた。二人の雑魚は、幾左衛門が方をつける。これからおまえらは、広川助右衛門の腰巾着になって、何があっても助右衛門のそばを離れるんじゃないぞ。助右衛門はおれたちの福神だ。おめえらは助右衛門をいい気にさせてやり、もうおれたちの仲間で、仲間になったからには、あの世にいかない限り、仲間から抜けられないことを、わからせてやるんだ」

「へい。あっしらに、お任せくだせえ」

と、三太が言った。

「よかろう。で、浪人者の唐木市兵衛の素性は、何か知れたか」

「今日一日、唐木市兵衛の素性を探ったところでは、唐木は国で食いつめた浪人が江戸へ出てきたのとは違い、生まれは旗本らしいですぜ」

「ほう。旗本か」

「たぶん、部屋住みだったのが、なんか粗相があったか、咎めを受けたかで実家を追われて、それからは素浪人同然の暮らしだとか」

「実家はどういう役に就いている」

「そこまではまだ。ですが、唐木の姓は、実家との縁がきれたときに、母方の唐木の姓を名乗り始めたと聞けました。余ほど、実家との折り合いが悪くなったんでしょうね。三河町の宰領屋という請け宿の周旋で、貧乏武家の渡り奉公で食いつないでいるそうでやす」

「渡り奉公?」

「へい。唐木は算盤ができるようで、武家の勝手向きの始末をつける役で」

「ああ、渡り用人とか近ごろ言われている、商家の手代の落ちこぼれが、武家の臨時奉公で二本差しを真似ているあれか」

「そのようです」

「それで、笹山家のとりたて役に雇われたのかい。侍が町民を真似るとは、哀れだな。生まれは旗本でも、身分を失えば、本人には何の力もないというわけだ。女房と子はいるのか」

「とんでもありやせん」

「いかにもだな。いいだろう。独り身のこんこんちきでさ」

「それしきの浪人者なら、行方知れずになったところで誰も気にかけない。好都合だ」

「ただ、朝吉が宰領屋の小僧から聞いたそうでやすが、唐木は剣術の腕が、滅法たつそうでやす。宰領屋の主人が言うには、唐木はまだがきのころ、ひとりで上方に上り、奈良の都の大きなお寺で剣術の修行を積んだそうで。なんでも、奈良の山谷で《風の剣》の極意を、神仏より授かった凄腕とか」

　三太が言い、朝吉がむっつりと頷いた。

　傳九郎がせせら笑い、老僕の小吉郎に言った。

「坊主剣法の風の剣だと。笑わせてくれる。子供が面白がりそうじゃないか。小吉郎、そういうことだ。上手くやってくれよ」

老僕の小吉郎は、にやりともしなかった。ただ、

「心得やした」

と、口の重そうなひと声を平然とかえした。

第四章　東宇喜田

一

それから丸一日と半日がすぎた昼下がり、市兵衛と六平は、日本橋北の安針町に看板行灯をたてた酒亭の《川しな屋》にいた。

三日前は二階の屋根裏部屋へ段梯子をあがったが、六平が屋根裏部屋は窮屈で困ると言うので、一階の前土間に並べた縁台に腰かけ、助右衛門を待った。

助右衛門が六平の頰を、二度、三度、と戯れに叩きながら、明日明後日をおいた次の三日後、九十五両一分二朱百文、間違いなく返金すると約束した、今日がその三日後だった。

昼すぎの八ツ、この川しな屋に再び落ち合い、返金を済ませ、借受証文をわたす段どりになっていた。

昼餉のころをだいぶすぎ、川しな屋の前土間に並んだ縁台に、市兵衛と六平のほかに客はかけていなかった。

奥の店の間に三人ひと組の客が、一膳飯を食っているばかりである。

表戸の引違いの腰高障子が開けてあり、軒から垂らした縄暖簾の下に、ひっきりなしに人がいき交う小路がのぞけた。

「もう八ツを、すぎているのではありませんか。助右衛門さんは、本途にきてくれるでしょうか。嫌だな。あれだけ仰ったんだから、助右衛門さんはきっときてくれますよね。大丈夫ですよね、市兵衛さん」

「はい。大丈夫でしょう」

市兵衛は心配する六平を、なだめるように言った。

その日は涼しいほどなのに、六平の丸い頬をひと筋の汗が伝っていた。

「けれど、助右衛門さんがこなかったら、どうしよう。困るな。父上にまた叱られるな。不甲斐ないと、がっかりするだろうな。市兵衛さん、助右衛門さんが約束を守ってくれなかったら、そのときはどうするのですか」

「そのときはいた仕方ありません。虎之御門外の広川家をお訪ねいたし、助右衛門さまにもう一度かけ合いましょう」

「仕方がありませんね。でも、そうなったら助右衛門さんの借金が広川家に知られて、助右衛門さんの立場が拙いことになりかねません。それも気の毒です。できれば、そうはならないようにしたいのですが」

六平は、頬を伝う汗を太い指先でぬぐった。あれこれと勝手に気を廻して、心配ばかりしている。しかし、助右衛門が約束を守らなかったら、市兵衛にもほかに打てるよい手だてはなかった。

貸した相手の門前で、旗や幟をたてて借金をかえせと、近所に聞こえるほどの大音声で喚いたり、当人が登城や外出の折りに傍らをついて歩き、やはり借金の返金を周囲にあからさまに触れ廻って迫る手だてがある。

なるほどと、市兵衛はとりたてる側になって、そんなあからさまな手だてがわからないではない自分の気持ちに、こっそり苦笑した。

「そうですね。広川家を訪ね、助右衛門さまの借金を表沙汰にするのは、わたしも良策とは思えません」

と、六平に言ったときだった。

小路のどぶ板を荷車ががらがらと車輪を鳴らして通りがかり、何げなく見やった表戸の縄暖簾をそっと分け、年増（としま）がひとり、前土間に入ってきた。

年増は、飴色（あめいろ）に小松文をあしらった小袖にきりっと締めた紅梅色の中幅帯（ちゅうはばおび）の衣装を着け、銀杏（いちょう）がえしに結った髪が、玄人（くろうと）を思わせた。

「おいでなさい」

土間奥から、亭主が年増に声をかけた。

「ごめんなさい。お遣いで寄らせてもらいやした」

亭主に素っ気（そっけ）なくかえし、縁台の市兵衛と六平のほうへ数歩進んで、紅の鮮やかな口元をゆるめた。

「こなたは、お旗本の笹山六平さま、でございやせんか」

目鼻だちがしっかりしていて、化粧は濃かった。ほのかに脂粉が香った。

六平は、は？　と意外そうに年増を見あげた。

「そなたは、お供の唐木市兵衛さまと、お見受けいたしやしたが」

年増は市兵衛へ、ねっとりとした眼差（まなざ）しを向けた。

「さようです。そちらは」

市兵衛がかえすと、年増は玄人らしき科（しな）を作った辞儀を寄こした。

「りょうと申しやす。三十間堀町五丁目（さんじっけんぼり）の榎戸（えのきど）さんのお世話になって、お座敷勤めをいたしておりやす。今日は、日ごろよりご贔屓をいただいておりやすお旗本の広川助右衛門さまの、お遣いで参りやした。笹山さまに、広川さまよりご伝言を託っておりやす。ちょいと、よろしゅうございやすか」

　年増は隣の縁台を、白粉を塗った指の長い白い手で差し、六平へ薄い笑みを廻して返事を待った。

「ど、どうぞ」

　六平は狼狽え、頬を伝う汗をまた指先でぬぐった。

　おりょうは柳腰を、そっと縁台の隅に乗せた。そして、片手を縁台の花茣蓙に突いて、細い身体を支えるかのようにほんのわずかばかり斜にした。いかにも、媚ることに慣れた町芸者を思わせる仕種だった。

「あの、助右衛門さんは、い、今どちらに」

　六平が、恥ずかしそうに訊いた。

「はい。広川さまは東宇喜田の茶屋で、笹山さまとお供の唐木さまをお待ちでございやす。と申しますのも、宇喜田は海辺の眺めの美しい土地柄でございやす。広川さまは折々、宇喜田の海辺に遊ばれ、その茶屋も、土地の漁師やお百姓相手の鄙びた店ながら、それがかえって面白いと、気まぐれに茶屋の二階座敷にあがり、美しい海辺の眺めを愛でてすごされやす。今日の朝もね、広川さまは急に宇喜田の海辺を見たくなった、供の侍衆ばかりでは無粋ゆえおまえも参れとお声がかかり、ご贔屓の広川さまのせっかくのお誘いにお断りもならず、三十間堀の河岸から船で東宇喜田の茶屋まで、お供いたしたんでございやす」

おりょうは、自分の言葉のききめを確かめるかのように短い間をおいて、六平の様子をうかがった。

「茶屋で広川さまやお供の方々と一刻半ばかりをすごし、あっしは勤めがあって帰らなければなりやせんので、先にお暇することになったところ、今日のこの刻限に川しな屋さんで会う約束をしていた笹山さまと唐木さまに、申しわけないけれど、東宇喜田の茶屋までご足労願いたいと、広川さまのご伝言を託ったんでございやす。船をそちらの日本橋の河岸場に待たせておりやす。船を使えば、東宇喜田まで大したことはありやせん。今なら、夕方の美しい海が眺められやす。大事な用でも、そちらの用はすぐに方がつきやす。用を済ませて、一献酌み交わして、その美しい景色をともに楽しみたいと、そのように」

六平は戸惑っていた。

「それは……」

と口ごもり、市兵衛を見た。

市兵衛は眉をひそめ、おりょうを凝(じ)っと見つめた。

おりょうは市兵衛の眼差しをさりげなくそらし、六平の膝においた大きな手の甲に、そろえた綺麗(きれい)な指先を押しつけて言った。

「ねえ、笹山さま、どうぞお出かけなさいやし。本当にいいところでございやす。今日のお天道(てんとう)さまは雲に隠れておりやすが、高曇りで南の海の彼方(かなた)に伊豆(いず)の天城山(あまぎさん)が、わずかに見えやした。笹山さま、広川さまの伝言はそれだけでございやす。ここでいつまでお待ちになっても、埒(らち)は明(あ)きやせん。広川さまがせっかく、そのように仰ってくださっているんですから、ねえ……」

甘ったるく言われて、六平はひと溜(たま)りもなかった。

「は、はい。わかりました。では、唐木さん、いきましょう」

六平は縁台を震わせて大きな尻を持ちあげ、刀を腰に帯びた。

おりょうは、よく肥えた六平の身体を改めて見あげ、からからと甲高(かんだか)く笑った。

店を出ると、高曇りの空が広がり、少しひんやりした秋風が吹いていた。

風呂敷包みを背負ったお店者(たなもの)、両天秤(てんびん)の棒手振(ぼてふり)、結綿(ゆいわた)の町娘とつぶし島田(しまだ)の母娘連れ、法被にどんぶり姿の職人、小僧を連れた商人、そして野良犬もうろつく往来を、おりょうの柳腰の細身がしなしなと前をいき、六平と市兵衛が続いた。

日本橋の河岸場の船寄せに停めた猪牙の艫に、紺木綿を尻端折りに黒の股引、黒足袋に草履、頰かむりで顔を隠しているが、年配らしき痩身の男がいて、棹を川面に差して煙管を吹かしていた。

おりょうは雁木をおり、艫の男に言った。

「船頭さん、お待たせいたしやした。笹山さまと唐木さまですよ。広川さまがお待ちですから、宇喜田まで早舟でお願いしやす」

「へい。承知いたしやした。笹山さま、唐木さま、どうぞ乗ってくだせえ。すぐに出しやすぜ。笹山さまは立派なお身体ですから、どちらかへ片寄らねえよう、胴船梁の真ん中へでんと腰かけなすって。へい、それでよろしゅうございやす」

船頭は煙管を仕舞い、船寄せの艫綱を解いて、

「では、おりょうさん、のちほど……」

と、河岸場のおりょうにひと声かけ、すぐに棹を突いた。

猪牙が船寄せからゆらりと離れ、おりょうは河岸場から辞儀を寄こして見送った。

市兵衛には、からから、とおりょうがまた甲高く笑った声が聞こえてくるような気がした。


　市兵衛と六平を乗せたその猪牙が、日本橋の河岸を離れて堀川をくだり、江戸橋をくぐって見えなくなると、土手の傳九郎がおりょうを呼んだ。

「おりょう。首尾はまずまずだな」

「ああ、おまえさん。こんなもんさ」

　おりょうは土手の傳九郎へふりかえり、得意げに頬笑んで言った。雁木をどてにのぼって、紺羽織を着けた商家の旦那ふうの傳九郎に並びかけた。

　傳九郎は手を拱いて日本橋へ歩き出し、秋風に袖を小さくゆらした。遅れずついてくるおりょうに言った。

「だが、なるほど、あの唐木市兵衛は腕がたちそうだ。生まれは旗本、今は算盤侍の浪人者、そして風の剣か」

　土手道からすぐに日本橋へ差しかかり、いき交う人混みをいきながら、傳九郎は独りごちた。

　ふふっ、とおりょうが含み笑いを傳九郎の背中に投げた。

「おかしいか、おりょう」

傳九郎はおりょうの含み笑いを聞き逃さず、見かえって言った。

「おかしいよ。風の剣だなんて、子供じゃあるまいし。そんな噂が流れているようじゃ、唐木市兵衛なんて大したことはないよ。三太らの話は、眉唾もんに決まってる。幾左衛門さんにかかったら、手もないさ。本途にできる男は、できるって誰にも見せたりしない。そうじゃないかい、あんた」

おりょうが傳九郎の紺羽織を着けたたくましい背に、白い手をあてた。傳九郎はおりょうから日本橋南へ顔を戻し、

「そうだな」

と、物憂げに言った。

「唐木市兵衛のことが、気になるのかい」

「そうじゃない。《備前屋》の商いは、今までよりもずっとずっと大きくなる。これからおりょうが、吃驚するくらい稼いでやる。吃驚するくらい稼いで、そのあとは、と考えたら、胸がはやって苦しいぐらいだ。なんだか、若いころに戻ったような気分だぜ。そうだ、おりょう、そばを食っていこうじゃないか。軽く、一、二本呑んで、気散じだ」

「あい」

おりょうは、傳九郎の背中に手をあてたまま言った。

二

中川の番所は小名木川の東の川口にあるが、船荷の検めが主のため、女以外の人の往来は監視がゆるやかである。

猪牙は三俣から大川を越え、小名木川を遡った。

中川の番所をすぎて、舟堀に入った。

舟堀は流れが急なため、江戸川まで遡る船は大小ともに船曳が引いてのぼる。

船頭は川口の渡し場で船曳を頼み、船曳が連尺をかけた綱を引き、自分は棹で川縁を突きながら遡っていった。

中川の番所から東の舟堀を遡って江戸川まで、一里二丁（約四・二キロ）余である。

船頭は、日本橋の河岸場を出てからは愛想のよさが消え、小名木川をへて舟堀を遡り、江戸川にいたる手前で船曳から離れて、南の宇喜田川へ入っても、不機嫌そうに黙りこくって櫓を漕いだ。

川の左右は、一面に田畑が広がり、遠くの疎林の間に人家や寺院らしき堂宇が見える。どれも茅葺屋根の鄙びた景色だった。高曇りの空に、いく羽もの小さな鳥影が飛翔している。遠くに、かすかな風のうなりが聞こえていた。

川の先に土橋が架かり、艫の船頭は棹に持ち替え、灌木の繁る川縁へ猪牙を寄せ始めた。猪牙が川縁の水草を分けて、舟底を浅瀬に擦ると、不愛想に言った。

「ここから先は、徒歩になりやす」

六平が艫の船頭を見かえった。それから、ここで？　という顔つきになって市兵衛を見た。

茶屋はどこにあるのでしょう、と六平の目が聞いていた。

船頭は棹を川に差し、艫綱を灌木につないで黙って土手へあがり、南の空を見やったまま、市兵衛と六平が陸にあがるのを待った。

「船頭、まだ遠いのか」

市兵衛が声をかけた。

「あの先でやす」

船頭は頰かむりの顔を、一瞬、市兵衛に向け、南の彼方へ骨張った指を差した。

田地の彼方に低い堤が東西につらなり、堤ごしに松林が見えていた。

遠くのかすかな風のうなりは、あの松籟のようだった。堤の向こうに海辺があるのだろう、と市兵衛は思った。

堤に沿って、東方にも西方にも宇喜田の人家の茅葺屋根が固まっている。

しかし、はるかに広がる田にも彼方の堤にも、人の姿はなかった。

船頭は堤下の人家のほうへいくのではなく、南の堤のほうへ田のくろ道をたどり始めた。六平に続いて、市兵衛は田のくろ道をどこまでも進んだ。まだ、夕七ツ前の遅い午後の刻限である。

やがて、田のくろ道をいきはて堤にのぼった。

堤の下は松林の並木が帯になり、松林ごしに見えるのは磯ではなく、はるばると広がる蘆荻の野原だった。松籟のうなりのほかは、静寂に蔽われていた。

そうか、と市兵衛は気づいた。

このあたりには田安邸の御鷹場があって、堤に沿った松林は、深川や洲崎あたりからは浪打ちぎわに見えるが、蘆荻の野原が松林からおよそ一里ほども南方へ広がっており、蘆荻の野原を抜けてようやく磯に出る。

蘆荻の中には海からの入堀が通っていて、宇喜田の漁師船は入堀に棹を差して磯へ出る、と聞いていた。

蘆荻が高曇りの空の下に舞う風に右や左へ乱れ、そよいでいた。

船頭は堤の道をしばらく東へいき、やがて宇喜田の人家のほうではなく、松林のほうへくだり、松林を抜けて、蘆荻の間をとった。

この先の蘆荻の中に、茶屋があるはずはなかった。

さすがに、六平の表情にも不審が露わになっていた。

「船頭、茶屋へいくのではないのか」

市兵衛は声を静めて質した。

船頭は首をひねり、浅黒い横顔を向けて低い声を寄こした。

「ご懸念にゃあ、およびやせん。この野原を抜けると、遠浅の磯がはるかに広がっておりやす。その眺めがいいので、晴れた日は伊豆の天城山も拝めやす。茶屋が海辺に掛茶屋を建て、お客が船遊びも楽しめるように、海船を調えておりやす。広川さまはそちらでお待ちでやす。そちらへご案内いたしやす」

蘆荻の隙間を、人が踏み潰してできたような細道が縫っていた。風にそよぐ蘆荻と、空を覆う白い雲しか見えなかった。

ぴゅういー、ぴゅういー

と、風に乗って鳥の声が聞こえ、汐（しお）の臭いが香った。

船頭の歩みが、次第に早足になっていった。

六平は早足に遅れまいと太った身体をゆらし、荒い息を吐き始めた。市兵衛は船頭の背中にまた声を投げた。

「船頭、少しゆっくりいってくれ」

船頭は横顔を見せ、束（つか）の間（ま）、黙然として前へ戻した。

「六平さま、わたしが先にいきます。わたしの後ろを離れずに」

市兵衛は、六平を追い抜きながらささやきかけた。六平はしきりに頷（うなず）いたが、だいぶ汗をかいていた。市兵衛は六平の先になり、船頭の背後についた。

「おぬし、名はなんと言う」

市兵衛の声がすぐ後ろに聞こえたからか、船頭はびくりとした。

「え？　へい。小吉郎でやす」

「このあたりに、詳しいようだな。どちらに雇われている」

「どちらに？　ああ、あっしは三十間堀の船宿《床井（とこい）》に雇われておりやす」

「三十間堀の船宿の船頭が、なぜこのあたりに詳しいのだ」

「そりゃあ、広川さまが宇喜田に遊ばれる折りは、船宿の床井から船を使われ、あっしが慣れておりやすので、いつも櫓をとっておりやす。それでなんとなく、ここら辺の土地にも通じるようになった。それだけでやす」

「ここら辺の土地に通じていると、蘆荻と空しか見えぬ、土地の者でも迷いそうなこの細道までわかるのか。大したものだ」

「二、三度もお供をすりゃあ、誰だってわかりやす」

小吉郎が、背後の市兵衛を気にかけながら言った。

「小吉郎、おりょうとは馴染なのか」

「何を仰いやす。おりょうさんは贔屓や馴染の客の多い、当世人気の芸者ですぜ。船宿のしがねえ、しかも年寄の船頭が馴染のわけがねえでしょう」

「ほう。ならば、われらを案内したこのあと、馴染でもないおりょうとどんな用があるのだ」

「なんでえ、いきなり。お客さん、冗談はほどほどにしなせい。船頭だって、馬鹿にされちゃあ、怒りやすぜ」

小吉郎が、小首をかしげ、吐き捨てるように言った。

「冗談で言うのではない。小吉郎は日本橋の河岸場で船を出す折り、見送りのおりょうに言ったではないか。では、おりょうさん、のちほど、とだ。のちほど、おりょうに会う用があるからではないのか」

と、小吉郎が歩みを止め、市兵衛へふり向いた。

頬かむりに隠れた顔を歪め、怒りのこもった眼差しを市兵衛にそそいだ。頬骨が尖り、目元には深い皺が無数に刻まれている。歳は五十代半ば、いや、六十をすぎているかもしれなかった。

小吉郎の痩身には、不気味なほどの剣呑さが漲っていた。

六平が小吉郎の変貌を驚いたように、市兵衛の後ろで、えっ、と声を出した。

だが、市兵衛は平然と前方を指差した。

「小吉郎、もうすぐだろう。水辺が見えるぞ」

小吉郎の立ち止まったずっと先に、生い茂る蘆荻が開けていた。

石ころと砂の地面が剝き出しになっていて、蘆荻を透かして浪打ちぎわと曇り空を映した灰色の水面が見えていた。

小吉郎は前方へ向きなおった。すぐに市兵衛を見かえり、一瞬漲らせた険しさを隠し、穏やかな口ぶりで言った。

「お客さん、着きやしたぜ。どうぞ、こちらへ」

小吉郎はくるりと背を向け、蘆荻の間を抜けていった。

そのあとに続き、蘆荻の開けた場所に出ると、それは、眺めのいい海辺の掛茶屋ではなかった。

灰色の水面は海からの入堀らしく、石ころと砂地が剝き出しの地面は入堀に沿って開けている岸辺にすぎず、岸辺の周りにも対岸にも、やはり深い蘆荻が果てしなく生い茂っていた。

ゆるやかな浪を打ち寄せるに水ぎわに、船がひと抱えほどの石につないである。

「市兵衛さん、こんなところなのですか」

六平の怯(おび)えた声が、背後でささやきかけた。

「六平さま、廻りにご用心を。わたしのそばを離れず、わたしの指示に従ってください。よろしいですね」

市兵衛は声をひそめて言った。

「は、はい」

と、六平は左右や後ろを見廻した。

小吉郎は、石ころと砂地の岸辺をいっそう早足に進んでいった。

ほどなく、入堀がゆるやかな弧を描いていく岸辺の、浪打ちぎわから少し離れた蘆荻を背にして、生木を組んで葭簀をたてかけただけの粗末な漁師小屋が、そこにわだかまる黒い影のように見えてきた。

小屋の中の炉に炎がゆれ、数人の男らがしゃがんでそれを囲んでいた。

「あれでやす。広川さまにお知らせして参りやす」

と、走りかけた小吉郎の手首を、市兵衛は素早くつかんだ。

「てめえ、何しやがる」

見かえりざま、小吉郎は怒りのこもったどす声を投げつけた。

市兵衛の手をふりほどこうとしたが、強い力で締めつけられ、手首を動かすことはできなかった。

「あ、痛たたた」

痛みを堪えきれず、身をよじって片膝をついた。

「小吉郎、おまえは何者だ。われらを謀ったな。誰に頼まれた」

「放せ、てめえ。あつつ……」

そのとき、小屋の中の男らがこちらへ向いて起きあがり、小屋からぞろぞろと出てくるのが見えた。

男らは、沈んだ袴姿に二本差しの侍風体が二人に、錫杖を手にした墨染めの衣の雲水姿がひとり、着流しを下帯がのぞくほど尻端折りにして黒の脚絆を着け、長どす一本を腰に差した渡世人風体が三人。

そして、蝙蝠半纏を荒縄で縛って長どすを帯び、下は黒股引だけの大柄な男がひとりだった。

みな月代をのばし、日に焼け垢じみた風体で、市兵衛と六平の様子をうかがいつつ、薄笑いを浮かべ、小声で何事かを言い交わし、石ころと砂地の岸辺を、無造作な横隊になってだらだらと近づいてくる。

そのとき、後ろの六平が狼狽えて言った。

「か、唐木さん、あっちにも……」

ふりかえると、尻端折りの着流しに長どすを帯びた四人のやくざ風体が、いつの間にか、岸辺の後方に散開していた。中のひとりが、鳶頭のような黒い皮合羽を着こんで、いかにも頭らしかった。

皮合羽は眉をひそめ、市兵衛から目を離さなかった。

そのとき、苦しまぎれに小吉郎が声を絞り出した。

「くそう、てめえ、承知しねえ」

と、懐に呑んでいた匕首を引き抜き、白刃がきらめいた。

市兵衛は咄嗟につかんだ手首を、小吉郎の背中へひねりあげた。

枯れ枝の折れるような音がした。

小吉郎の悲鳴が岸辺に甲走り、長々と尾を引いた。

対岸の蘆荻にひそんでいた数羽の鳥が、慌てて羽ばたいていき、すかさず、市兵衛は小吉郎の首筋へ、どん、と手刀を浴びせた。

小吉郎の悲鳴が途ぎれ、ひねりあげられた腕を背中に残した恰好で、石ころと砂地の中へ突っ伏した。

三

蓮蔵は、往来へ軽い足どりで出ると、途端に小太りの身体をはずませ、八官町の自身番へ早足になった。

自身番の屋根に半鐘を吊るした火の見の梯子が夕空へのぼり、表の上り框に閉てた引違いの腰高障子に、《八官町》と黒々と標してある。玉砂利が敷いてあり、その片側に捕物の三つ道具、反対側に纏や鳶口、提灯を具えている。

蓮蔵は玉砂利を鳴らし、上り框に閉てた引違いの腰高障子を引き開けた。

「旦那、傳九郎とおりょうとが戻りやした」

自身番の当番や店番と話しこんでいた渋井が、蓮蔵の丸顔へ顔を向けた。

「おう。やっと帰ってきたかい。ご苦労だった」

渋井はちぐはぐな目を不敵に光らせ、よっこらしょと立ちあがった。

「それと、読売の三太と恵造と朝吉の三人と、覆面頭巾の侍風体がひとり連れだって、備前屋に入っていきやした。まだ出てこねえから、たぶん、傳九郎の戻りを待っていたんだと思われやす」

「読売らが、侍風体をひとり連れだってかい。怪しいな」

渋井は刀をざっくりと帯び、後ろの帯の結び目に差した十手を確かめ、それから当番と店番に言った。

「じゃあ、あんたらはそっちの訊きこみをやっといてくれるかい」

「承知いたしました」

と、当番と三人の店番は、上り框から玉砂利におり、雪駄を鳴らして手先を従えていく渋井の、いかり肩をかしげた後ろ姿に頭を垂れた。

八官町の四つ辻の自身番から、備前屋のある小路の曲がり角まで、一町（約一〇九メートル）もなかった。町内の表店は、もうどこもその日の店仕舞いにかかっていて、通りがかりは少なくなり、往来は急に閑散としてくる。

渋井の雪駄が、閑散とした往来に小気味よく鳴った。

「ただ、番頭の小吉郎は出かけたまま、まだ戻っちゃおりやせん」

蓮蔵が渋井の背中に言った。

「そうか。小吉郎からも話を訊きたいんだがな。まあ、小吉郎はあとでもいいだろう。それより、覆面頭巾の侍が気になる。読売の三人と一緒ということは、ただの顧客じゃあなく、案外に仲間なのかもな」

渋井はぶつぶつと言いながら、かすかに嫌な気配を感じていた。

備前屋が古物商の店をかまえる小路の曲がり角に、助弥と良一郎がいた。二人はさりげない素ぶりを装い、路地奥を見張っている。助弥が渋井と蓮蔵へふり向き、

「旦那、いきやすか」

と、低い声で言った。

良一郎が、張りつめた顔つきを渋井に寄こした。

「番頭の小吉郎はもどってねえんだな。今、何人いる」

渋井は、同じように路地奥を見やって言った。

「傳九郎に女房のおりょう。読売の三太、恵造、朝吉。それと三人と連れだってきた侍がひとり。店の留守番をしていた雇いの婢女がひとりでやす」

「侍が気になるな。どんなやつだった」

「身形のいい侍でやす。これと言って目だつところのねえ。覆面頭巾で顔を隠しておりやしたから、歳のころはわかりませんが、古物の掘り出し物に目のねえ好事家かもしれません」

「いいだろう。いく前にもう一度言っておくぜ。傳九郎が古物商・備前屋の裏で、盗品を扱う闇稼業を営んでいる確かな証拠は、今のところ何も見つかっちゃあいねえ。見た目が怪しいってだけでな。けどな、そうじゃねえかと差口があったからには、放っておけねえ。探ってみなきゃあな。見た目は怪しくとも、探ってみたら、案外にまっとうな古物商かもしれねえし。とにかく、傳九郎の話を訊いてからだ。ただし、盗品の話はおれがそれとなく探りを入れるから、おめえらは一切口にするんじゃねえぞ。あたり前の訊きこみを装うんだ。いいな」

三人は無言で頷いた。

「いくか」

渋井は言ったが、かすかな嫌な気配に躊躇った。

しかしだ、と渋井は続けた。

「もしも、傳九郎が盗品を扱う闇稼業を営んでいるとしたら、盛り場をうろつき廻る強請り集りや空き巣狙いのこそ泥やらとは、比べ物にならねえ物騒な男と見て間違いねえ。おそらく、そういうやつらは性根も据わっていやがる。油断は禁物だ。ひとつ間違うと、てめえの命とりにもなりかねねえ」

それから、渋井は良一郎を見つめた。

無足見習を始めたばかりの良一郎を従えてきたのは、古物商・備前屋傳九郎が働く闇稼業の差口を聞けたのが、良一郎の賭場の喧嘩騒ぎがきっかけだったからだ。

久しぶりにいいものを見て気分が清々した、倅を自慢に思う父親の気持ちがわかる気がしたと、櫓下の龍喬に言われ、渋井は倅の良一郎のことを何もわかってはいないと、改めて思い知らされた。

倅を自慢に思う父親の気持ちかと、ふと、照れ臭いのと、良一郎のことを少しは知らなきゃあなという思いがあった。無足見習の仕事が終る八ツ半（午後三時頃）すぎ、同心詰所で帰り支度をしている良一郎に声をかけた。

「見廻りの仕事がある。人手が要るんだ。手伝え」

紺屋町の御用聞・文六親分の下っ引をやって慣れているはずだし、これぐらいの訊きこみなら、ちょうどいい見習だろうとも思った。

しかし、無足見習の良一郎は無腰である。十手も持っていない。

御用聞の助弥も助弥の下っ引の蓮蔵も、町方について見廻りをするときは、鍛鉄の目明し十手を持つことが許されている。

商家の小僧じゃあるまいし、無足見習の十三、四の少年でも、親が脇差ぐらいは持たせているものだが、渋井はあえて良一郎に無腰で出仕させていた。

「良一郎、おまえはこれを持て」

渋井は黒羽織を払い、帯の結び目に差していた十手を差し出した。

良一郎は、えっ、と意外そうな顔つきで、朱房のさがる十手をにぎった。

「いいか。ただ後ろからついてくるだけじゃねえ。見習でも、町家では町方らしくふる舞え。刀は侍の魂だ。町方でも侍の端くれだが、おれたちは侍よりも町方なんだ。十手は町方の魂だ。それを忘れんな」

よしいくぜ、と渋井は中背の痩身をひるがえし、鬼しぶの渋面で夕方の町家の風をきった。

「坊ちゃん、いきやしょう」

渋井に続くようにと、助弥が良一郎の黒羽織の背中を掌で押した。

「すなわち、助右衛門さまはもうなんの愁いも懸念もなく、ご自分のお好きなように、お希みのようにふる舞うことができるのです。そして、大身のお旗本の殿さまの重責でお疲れになれば、思う存分息抜きをなさり、さっぱりとした気分で、こののちの広川家の家名を高めるご当主の役目を、粛々と果たしていかればよろしいのでございます。広川家の殿さまの務めを果たされるときは家臣が供をいたし、助右衛門さまとしてお忍びでお出かけのときは、三太と恵造と朝吉の三人がこれからは供をいたします。いかがでございますか、助右衛門さま。助右衛門さまは大身のお殿さまらしく、もっともっと勝手気ままに、自由におふる舞いになれるのでございます。それを、わたしどもとともに手に入れるのでございます」

傳九郎が言う間、助右衛門は凝っとうな垂れていた。何も訊きかえさず、覆面頭巾をとった顔面は血の気が失せ、力なく開いた唇は紫色に変わっていた。

傳九郎は余裕の笑みを浮かべ、さらに言った。

「助右衛門さまのような有能なご当主は、いずれ、それも遠い先ではなく、必ず寄合除けの御番入りの機会が訪れます。その折りには、表は家柄と助右衛門さまの能力、裏ではわたしどもと手を携えて手に入れる潤沢なお宝が、確実に物を言うのでございます。多くの秀才が集まった勘定衆の中にあって、秀才の中の秀才と言われた助右衛門さまなら、お宝は決して裏ぎらず、充分に役にたってくれることは、ご承知でございましょう。助右衛門さまは御番入りの機会を逃さず、周囲の懸念はわたしどもに一切お任せいただき、ただ前へ前へとよりいっそうの高みへ目指していかれ、わたしどもは、助右衛門さまのご出世を楽しみにお見守りできるのでございます。三太、恵造、朝吉、おまえたちも楽しみだな」

「凄えな。助右衛門さまのご出世は、もう間違いありやせんぜ」

三太が昂った口調で言った。恵造と朝吉は、助右衛門がすでに幕府の重職へ御番入りが決まったかのように持ちあげた。

しかし、助右衛門はか細い声をようやく震わせた。

「わたしは、ひ、百両の融通を、お願いしただけです。話が、違うではありませんか。まさか、そんなことはあり得ませんし、いい、意味がわかりません。笹山六平と、唐木とかいう助役がうるさいし、返金ができないと広川家に借金の返金のかけ合いをしかねないので、そんなことをされたら、わたしの立場が悪くなって厄介な事態になる恐れがあるのです。だから、恥を忍んですべての事情を話し、備前屋さんに融通をお頼みしました。笹山卯平に借りた金をかえせば、それで事なきを得るのです。む、むろん、備前屋さんに融通していただいた借金は、そう長くはかからず、必ず、利息も含めて、おかえしいたします。博奕（ばくち）には、金輪際（こんりんざい）、手を出しません。賭場には、二度と出入りしません」

　ふふん、と傳九郎は軽く笑って、助右衛門の言葉をあしらった。

「助右衛門さま、三つばかり、勘違いをなさっておられますね。まずひとつは、このたびの借受金の返金が済めば、事なきを得るかのようにお考えのようでございますが、わたしのご用だてする借金についての返金の見こみは、どのようにお考えなのでございますか。また、どなたかから融通を受けてその場をしのぎ、次から次へと、同じことを繰りかえされるおつもりで、ございますか。のみならず、丁半博奕には金輪際手を出さぬ、賭場には二度と出入りせぬと申されますが、助右衛門さまにそれがおできになるのでございますか。無理でございますよ。あなたさまは、博奕から足は洗えません。なぜなら、博奕好きはあなたさまのご持病でございますので。決して治らぬ病でございますので」

助右衛門は顔をしかめ、苦しそうな呼気をもらした。

「二つ目は、笹山六平と唐木市兵衛なるどういう素性の者かもわからぬ胡乱（うろん）な浪人が、仮に、このたびの返金を済ませたといたしましても、そのあともずっと、広川家には知られてはならない助右衛門さまのご持病の博奕癖を、広川家に知らせずにおくと、本気でお考えでございますか。例えばでございますよ。助右衛門さまの御番入りが決まったとき、どこかのいかがわしい読売が、ご禁制の賭博にのめりこんでいる五千石の広川家ご当主が、御公儀の斯（か）く斯（しかじか）く云々の御役に御番入りしたと、面白おかしく書きたてるかもしれませんね。そのような瓦版を売り出した読売は、一体誰からその読売種を手に入れるのでしょうか」

三太らはむっつりと口を閉じ、助右衛門を睨（にら）んでいる。

「でございますから、わたくしが助右衛門さまに百両をご用だていたしても、助右衛門さまのお役にはたてないのでございます。では、いかにすれば、助右衛門さまのお力になれるのかと、わたくしなりに考えたのでございます。わかったことはひとつ。笹山六平にも唐木市兵衛にも、助右衛門さまの借受証文とともに、姿も消息も消えてもらうのでございます。笹山六平と唐木市兵衛を借受証文とともに、ぷっつりと跡形もなくこの世から消し、助右衛門さまの借金など、元々、なかったことにいたすのでございます。借金など、元々なかったのでございますから、わたくしが百両をご用だてする用もございますまい。当然、頭のよい助右衛門さまは、わたくしの申したことがすでに行われ、それとともに、助右衛門さまもわたしどももあと戻りができないところへ、ともに手を携える仲間として踏み出したことに気づいておられながら、笹山卯平に借りた金をかえせばそれで事なきを得る、と気づかぬふりをしておられることが、三つ目でございます」

助右衛門は、はじかれたように頭をもたげ、呆然（ぼうぜん）とした。唇が小刻みに震え、眼差しは傳九郎との間の空に漂った。

そのとき、この夕刻に表のほうで来客らしき物音と声がした。おりょうが応対に出て、少し遣りとりがあり、すぐ静かになった。

「そんな、恐ろしい……」

助右衛門が震える声を、ようやく吐き出した。

傳九郎は表の来客が少し気にかかり、助右衛門にこたえなかった。

「こ、これから、わたしは、どうなるのですか」

喘（あえ）ぎつつ助右衛門は言ったが、傳九郎は沈黙した。

傳九郎の沈黙の間をつなぐように、三太が言った。

「助右衛門さま、ご心配には及びやせん。備前屋さんの仰るとおりになさっていれば、何もかも上手くいきやす。ほんの少しばかり、お手数をかけるだけで、あとは全部備前屋さんにお任せすれば、助右衛門さまは広川家のお殿さまらしく、でんとかまえていらっしゃればよろしいんで。で、気が向いたときはあっしらにひと声、お声をかけていただければ、いつでも賭場のお供をいたしやすぜ」

なあ、と恵造と朝吉に声をかけ、二人はそうだそうだと応じた。

そこへ、表のほうからおりょうのそわつく足音がした。五人がいる店裏の、板塀が狭い庭を囲んだこざっぱりした座敷に、ふと、不穏な気配が兆した。

「あんた、ちょっと……」

閉てた襖ごしに、おりょうの低い声が呼んだ。

傳九郎は、大事な話の腰を折られ苛つきを隠さず、ちっ、と舌を鳴らした。しかし、すぐに立ちあがって襖を静かに引き、

「お客さまかい」

と、おりょうに古物商の主人らしさをとり戻し、平然と言った。

おりょうが傳九郎を見つめてささやくと、傳九郎は四人を座敷に残し、襖を後ろ手にそっと閉じた。

四

店の間のあがり端に、黒羽織の町方が腰かけていた。

いかり肩をややかしげ加減に、長くもない足を手代坐りに組んでいた。刀を杖(つえ)にして柄頭(つかがしら)に両手を乗せ、何やら考えこんでいるふうに背中を向けていた。

前土間には、白衣に黒羽織の町方がもうひとりと御用聞風体が二人の三人が、ぶらりぶらりと散らばっていて、内証続きの店の間に出てきた傳九郎とおりょうへ冷やかな目を寄こした。

傳九郎は古物商の笑みを絶やさず、店の間の畳を摺(す)って町方のそばへ進み、膝をそろえて畏(かしこ)まった。

「備前屋傳九郎でございます。お役目ご苦労さまでございます」

と、手をついて町方の背中に辞儀をした。

「おう、商売の邪魔をして済まねえな」

渋井は傳九郎へ半身になって向き合い、渋面をいっそう渋い真顔に変えた。

「畏れ入ります。北御番所定廻りの渋井鬼三次さまのお名前はお聞きいたしております。お初にお目にかかります」

「そうかい。おれも八官町の備前屋さんは、長く商売を続けている老舗とは聞いてはいたんだ。いかにも老舗の古物商らしい、趣のあるお店じゃねえか」

渋井はちぐはぐな目を、店の間へゆっくりと廻らした。

店の一角に箪笥と棚があり、古物らしい見栄えのする壺や碗、置物などが体裁よく並べてあるが、これは店の間の飾りにすぎず、由緒があり値の張る古物は、客の求めに応じて店奥の蔵から運び、客との相対で売り買いをするのである。

渋井と傳九郎が、備前屋はいつごろからなどと、商いのあたり障りのない遣りとりを始めると、

「お茶の支度を……」

と、おりょうは店の間をさがって台所へいき、勝手の婢女に茶の支度を言いつけたが、それから店の間には姿を見せなかった。

しばらくして、裾短に細縞を着け襷がけの婢女が、奥の勝手から土間を通って茶碗の盆を運んできて、渋井と傳九郎の傍らへ茶碗をおいた。

そして、土間の三人には、「どうぞ」と盆を差し出した。

店の間には、夕方の暗みが少しずつかかり始めていた。

傳九郎は小女の婢女に、明かりを持ってくるようにと命じ、婢女は「へい」と返事をして勝手へ戻っていった。

渋井と傳九郎は、話を続けた。

「そうかい。前の備前屋さんはかなりの年配で、いかにも古物商らしい古物商だったのは、ぼんやりとだが覚えてるぜ。すると、ご亭主がここを居抜きで買いとり、もう十年以上になるわけだ」

「さようでございます。古物はやはり目利きの多い諸国一の江戸でなければと、上方から江戸へ下って参り、備前屋をお客さまに可愛(かわい)がっていただき、ありがたいことでございます。早いもので、もうすぐ四十歳になります」

傳九郎は、からからと、面白くもなさそうに笑った。

「でだ、御用はほかでもねえ。じつはね、江戸中の古物商に訊きこみを始めているんだよ。先だって大坂の町奉行所から知らせが届いて、上方の京大坂や、西国のお値打ち物の盗品が江戸へ窃(ひそか)に運ばれ、江戸で売りさばかれている疑いがあるから調べてもらいてえと、要請があったんだ。以前にも、似たような盗品の密売事件があり、町方が動いたものの、何もわからず調べは有耶無耶(うやむや)に終ったことがあった。まあ、今度もそれと同じことになるんだろうと、思ってはいても、調べろという上の命令を放っとくわけにもいかねえ。それで、備前屋さんだけがどうということじゃなくて、今日はたまたま通りがかって備前屋さんに寄ったってわけさ」

渋井は言うと、ぬるい茶を音をたててすすった。

「はあ、たまたまでございますか」

「たまたまってえのは、変だな。急いじゃいねえってことさ。というわけで、備前屋さんの蔵に仕舞ってある古物と、仕入れ相手はどこの誰それ、買値はいくら、それから買い入れた年月と日付を、備前屋さんの仕入帳とつき合わせをさせてもらいてえのさ。備前屋さんほどの老舗の古物商に、出どころ不詳（ふしょう）の古物があるはずもねえのは、わかっちゃいるぜ。ただね、おれの掛（かかり）に決められたどちらの古物商もつき合わせを済ませ、出どころ不詳の古物は見つかっておりやせんと、上に報告しなきゃならねえんだ。手数をかけて申しわけねえが、ちょいと、蔵の中と仕入帳を見せてもらえるかい」

「あ、お待ちください、渋井さま。蔵の中には仕入帳に記していない古物も、じつはございます。と申しますのは、古物商を長く続けておりますと、身分の高いお客さまの貴重な家宝が、やむを得ぬ事情により、ときにはこっそりと売りに出すので、家宝を売り払ったなどと、外に漏れ出ることを希まれません。商いはお客さまあっての営みでございます。わたしどもは、そういうお客さまに配慮いたし、それをお売りするお客さまも慎重に選んで、貴重なお宝に相応しい方々にしか、お声をかけないように用心しております。そういうわけでございますので、蔵の古物と仕入帳のつき合わせをと申されましても、簡単ではございませんし、お客さまのお名前を申しあげることもできないのでございます」

「わかってるって、備前屋さん」

渋井は、傳九郎へ手を盾にかざした。そして、

「そういうこともあろうかと思ってね、あそこにいる若いのを連れてきた」

と、かざした手を前土間の良一郎へ廻し、指差した。

咄嗟に良一郎は、ちょこんと頭をさげた。

「あの若いのは、見た目は頼りない平同心の下っ端ながら、物覚えが抜群でね。このたびの調べの掛を命じられて、大坂町奉行所の知らせにある盗品が、どういう品物で、おれみてえなやぼ天には見分けのつかねえ姿形や作りが、全部頭の中に入っているのさ。古物の値打ちはわからなくとも、盗品かそうでないか、ひと

目見りゃあ直ちにわかるという、案外に凄いやつでね。こっちも、古物商の事情やら言い分は充分承知している。だから、そこら辺の心配はいらねえ」

傳九郎は、束の間、渋井と向き合い、ふうむ、と鼻息を鳴らした。

「さようでございますか。では、仕入帳をお持ちいたします。分厚い仕入帳が五冊か六冊ございます。十年以上も売れ残っておる古物もございます。そのつき合わせは大変でございます。まずは、仕入帳をお確かめ願います。そのうえで、蔵のほうへご案内いたしますので、こちらで少々お待ちいただきます」

立ちあがった傳九郎に、声をかけた。

「面倒をかけるね」

「いいえ」

と、傳九郎はそそくさと畳を擦って内証に消えた。

「おりょう、仕入帳を全部出しておくれ」

「わかったよ、あんた」

内証で、傳九郎とおりょうの交わした声が聞こえた。

渋井は、前土間の三人へにんまりと笑いかけた。

助弥と蓮蔵が、おかしいのを堪えて唇をへの字に結んで目をそらした。

良一郎は、綺麗に剃った月代に手をやり、心配そうに首をひねっている。渋井がいきなり良一郎を指差して、盗品かそうでないかひと目見りゃあ直ちにわかる、などと言ったので面食らっていた。

渋井は碗をとって、冷えた茶をまたひと口含んだ。

そこへ、小女の婢女が明かりの灯った行灯を提げて、勝手のほうからぱたぱたと土間に草履を鳴らして現れた。店の間にあがり、渋井の近くに行灯をおいた。店の間に兆していた夕方の暗みを、行灯の明かりが追い払った。

「おう、済まねえな」

渋井は婢女に声をかけた。

婢女は童女の面影を残した笑みを浮かべた。それから、そのまま店裏のほうへいった。店裏の座敷にいるらしい客に、婢女が何かを伝える声が聞こえてきた。客は読売屋の三人と連れだってきた侍に違いなかった。

小女らしい、よく透る高い声だった。

「お客さん、旦那さんとおかみさんは急な用ができて、先にお出かけになりました。今日はお引きとりくださいって、旦那さんが伝えるようにって……」

途端、渋井は含んだ茶を噴き出した。手にしていた茶碗が土間にこぼれ落ち、かちん、と割れた。

「野郎、逃げやがった」

渋井は叫び、勝手へ走った。

すかさず、助弥と蓮蔵が渋井を追った。

しかし、良一郎は反対に店の表戸から小路へ駆け出した。こっちだ、と咄嗟に判断した。十手を抜いて突っ走った。

渋井は勝手口を飛び出した。

狭い裏庭を囲う板塀の潜戸(くぐりど)が、閉じきらずに残されていた。慌てて逃げ出て、戸を閉める間も惜しんだのだろう。即座に潜戸へ駆け、路地へくぐり出た。

板塀と板塀の隙間の薄暗い路地の前方に、傳九郎とおりょうが草履を鳴らして逃げていくのを見つけた。傳九郎は片腕にひと抱えの金箱を抱え、片手でおりょうの手を引き、手を引かれるおりょうの銀杏がえしが上下にゆれていた。

「待てえ、傳九郎、おりょう」

渋井は喚声を投げつけた。

助弥と蓮蔵が路地へ飛び出して渋井に続き、蓮蔵が呼子(よびこ)を吹き鳴らした。悲鳴のような呼子が、夕暮れの迫る空に響きわたっていく。

近所の彼方此方で犬がけたたましく吠えたてた。

突然の騒ぎに怯えた子供が、わあっ、と泣き出した声も聞こえてくる。

渋井は十手に手をのばし、そうだと気づいて、腰の大刀をさらりと払った。

ただし、町方の二刀は刃引きを施している。斬り捨てるのではなく、捕らえることが狙いである。

「備前屋傳九郎、逃がさねえ」

渋井はなおも叫んだそのとき、突然、傳九郎とおりょうの姿が、路地を曲がってぷっつりと消えた。

渋井は駆けに駆け、続いて路地を曲がった瞬間、傳九郎と良一郎が雄叫びをあげ衝突したのが見えた。店と店が隣り合わせた、人がやっとすれ違えるほどの狭い路地だった。店の明かりとりから、住人の吃驚した顔がのぞいていた。

傳九郎の匕首と良一郎の十手が鋭い音をたてて打ち鳴り、両者は罵り合い、滅多矢鱈に得物をふり廻した。

そのとき、おりょうも匕首を手にしていて、背後に迫る渋井を物の怪のような顔つきになって睨みかえし、立ち向かう気がまえを見せた。

「きやがれ」

おりょうが匕首をふり廻して喚いた。

「無駄だ」

渋井はおりょうに袈裟懸を浴びせた。

ただし、手加減はした。刃引きの刀でも、激しく打てば身体を疵つけ骨も砕く。

おりょうは悲鳴をあげ、はじかれたように身体をよじり、路地の壁に打ちつけられた。銀杏がえしが解け、黒髪が肩に乱れ落ちた。

傳九郎がふり向き、叫んだ。

「おりょうっ」

その一瞬の隙に、傳九郎は良一郎の十手をこめかみに受けた。

傳九郎は声を出さず、ただ顔をそむけ、抱えていた金箱を落とした。金箱が地面を鳴らし、金貨と銀貨が生きて戯れているかのようにこぼれ出た。

よろけた傳九郎の額へ、良一郎は再び十手を浴びせた。

傳九郎は片膝を落とし、良一郎を睨みあげた。その背後から、助弥がわっと飛びかかって羽交締めにした。良一郎が匕首を奪いとると、助弥は傳九郎を引き摺り倒して俯せにし、北町の白縄で後手に素早く縛りあげた。

おりょうは壁に寄りかかって、力なく坐りこんでいた。

それを蓮蔵が縛りあげた。

渋井はおりょうの落とした匕首を拾い、縛りあげられ俯せた傳九郎を見おろした。

「やれやれ。備前屋傳九郎、御用だぜ」

と、呼吸を整えながら言った。

それから、良一郎へ目を向けた。

良一郎は、白衣と黒羽織は乱れ、雪駄の片方が脱げ、小銀杏の髷も歪んだ恰好で渋井を見つめ、荒く瑞々しい息を吐いていた。

「坊ちゃん、お手柄ですぜ」

傳九郎を起きあがらせた助弥が言った。同じく、蓮蔵がおりょうを立たせ、

「やりやしたぜ、坊ちゃん」

と言った。

渋井は、この野郎、と思ったが、口には出さなかった。

路地の出口の小路に、住人の人だかりができていた。犬が吠え、子供の泣き声は止まなかった。

五

ぴゅういー、ぴゅういー

高曇りの空の下、風に乗って鳥の声が蘆荻の野原を鳴きわたり、汐の臭いが水辺に香っていた。

前方の七人の男らは、蝙蝠半纏を荒縄で縛って長どすを帯びた男の左右へ、市兵衛と六平を囲うように散らばり、腕をひねりあげられた恰好のまま俯せに倒れた小吉郎と市兵衛を、しきりに見比べた。

男らの薄笑いは消え、頭(かしら)の指図を待って、腕や首筋を解(ほぐ)していた。

墨染めの衣の雲水が、じゃら、じゃら、と気だるげに錫杖を鳴らした。

蝙蝠半纏は、両足を開いて立ちはだかり、半纏の懐へ手甲をつけた太い両腕を差し入れて組んでいた。半纏の下のどんぶりが、分厚い胸を覆っていた。

七人とも、跣(はだし)に草鞋(わらじ)履きである。

岸辺の後方に散開している尻端折りの三人は、鳶頭のような黒い皮合羽を着こんだ頭のあとから、ゆっくりと歩みを進めてくる。皮合羽の頭も後ろの三人もこちらは草履で、岸辺の小石や砂地を、ざわざわと踏み締めた。

「おめえ、やるな。おめえが浪人者の唐木市兵衛か。で、そっちの太いのが笹山六平ってわけだな。笹山は見りゃあわかるぜ。聞いたとおり、ぶくぶくと太えな。おめえの肉を刻むには、手間がかかるぜ」

皮合羽の頭が言い、手下らがへらへらと笑った。

「それにしても、小吉郎め、口ほどにもねえ。腕をへし折られて、気を失っていやがる。やっぱり老いぼれだ。哀れだな」

と、頭はゆるめた顔を再び市兵衛に向けた。

「おめえらも、老いぼれの口車に乗せられて、こんなところまでのこのこ出てきた間抜けだが、人のよさには感心するぜ」

頭は歩みを止め、蘆荻に囲まれた岸辺の周囲を見廻した。

「けどよ、唐木。ここはおめえらの墓場じゃねえ。ここでは、おめえらを斬り刻むだけだ。心配はいらねえ。長く苦しまねえように、さっさと息の根をとめてやる。おめえらの骸は、海のずっと沖へ運んで、海の底に沈めてやる。そこがおめえらの墓場だ。おめえらの亡骸を知ってるのは、おれたちのほかには、海の魚だけだ。笹山六平、たっぷり肉のついたおめえの骸を沈めたら、魚が喜ぶぜ」

市兵衛は、蝙蝠半纏と左右の六人へ見向き、すぐに皮合羽へ戻して言った。

「おまえが破落戸どもの頭か。名を名乗れ。何ゆえこんなところにわれらをおびき寄せ、命を狙う。わけを言え。誰に頼まれた」

「名を名乗れだと。間抜けが、本物の侍みてえな口を利きやがって。おめえの下手な小芝居じゃあ、笑えねえぜ」

「自分の名も言えぬのか。さては、自分の名を知らぬのだな。親に名もつけてもらえず、捨てられたか」

「ほう。おめえ、言うじゃねえか。間抜けにしちゃあ、度胸があるようだ。そりゃそうだ。せめて、てめえが誰に始末されるかぐらいは知りてえわな。よかろう。あの世の土産話に聞かせてやるぜ。おれはな、幾左衛門だ。この名前を、あの世までちゃんと覚えとけよ。東宇喜田と猫実までがおれの縄張りだ。おれのひと声で、命を的に身体を張る物騒なやつらはいくらでもいる。おれはあそこら辺の貸元さ。ただし、表の顔は堀江の渡船場の元締めを任されている顔役だ。それほどの大物の手にかかっちゃあ仕方がねえと、諦めるんだな」

「幾左衛門、わけを言え。誰に頼まれて、こんなことをする」

「わけも、誰に頼まれたかも、おめえらの知らねえことだ。おめえらはな、おめえらの知らねえ相手に、うろうろされちゃあ迷惑なんだと、人に迷惑をかけねえように消すしかねえんだと、消されていなくなるだけだ。それ以上のわけも、誰の差金か聞いたところで、おめえらにはちんぷんかんさ。おれの名前が聞けただけでも、ありがたいと思いやがれ」

「われらは、広川助右衛門に会う用があって、ここまできた。幾左衛門、広川助右衛門にわれらの始末を頼まれたのか」

「だから間抜けは、察しが悪くて面倒なんだ。広川助右衛門ってえのは、おめえらに借金をした旗本の間抜けだろう。ふん、世間知らずの間抜け同士が、笑えるじゃねえか。広川も今ごろは、傍迷惑なおめえらがぷっつりと消えていなくなったと知らされ、吃驚したり、ほっとしたりして、目を白黒させてるぜ」

　幾左衛門は、蝙蝠半纏に太い声を投げた。

「重四郎、もういい。間抜けとこれ以上話しても無駄だ。暗くならねえうちに、片づけてくれるかい」

　幾左衛門は、吹き渡る風にゆれる蘆荻の彼方へ目をやった。高曇りの空が、蘆荻の彼方の海のほうへとくだり、あたりはだんだんと、暗みの濃さを増しているかのようであった。

「いいとも。いつまで与太話が続くのかと、呆れたぜ。ようし、みなちゃっちゃっと片づけろ。明日は佐倉だ」

重四郎と呼ばれた蝙蝠半纏が、調子よく言い放った。

それをきっかけに、六人がゆっくりと市兵衛と六平の後方へ廻りこむ態勢を狙って動き、初めの囲いを狭め始めた。

六人の動きとともに、雲水の錫杖が嘲笑うように鳴っている。

侍二人も三人の渡世人らも、いつでも抜く身がまえをとり、小石と砂地の岸辺を一歩一歩踏み締めた。

重四郎は腕組みの恰好のまま歩み出し、六人の要の位置をはずさなかった。

市兵衛は、手文庫をくるんだ風呂敷包みを背中にしっかりと結わえた。それから、袴の股立ちを高くとりながら六平に言った。

「六平さま、戦うしかありません。わたしのそばを離れずに。攻めかかられても守りを固め、わたしがいくまでときを稼いでください。必ず、間に合います」

「はい。ま、守りを固めて、唐木さんを待ちます」

怯えつつ、六平も袴の股立ちを高くとった。

市兵衛は重四郎から後方の幾左衛門へと見廻し、また重四郎へ戻した。

「まずは、幾左衛門と手下らに攻めかかって最初の一撃を加え、逃げ道を開くと見せかけ、一転して重四郎を狙います。重四郎が要です。重四郎を斃せば、あとの攻めは乱れます。六平さま、走りますぞ」

「はいっ」

市兵衛と六平が幾左衛門と三人の手下らのほうへ身を転じ走り出すと、重四郎が怒声を発した。

「いけえ……」

雲水が真っ先に市兵衛と六平を追い、侍二人が抜刀して雲水の左右後方から小石を蹴散らし砂塵を巻きあげた。

渡世人の三人は、喧嘩慣れした身軽な走力を発揮し、市兵衛らの前方へ廻りこみを図って、雲水らと挟み撃ちにする動きを見せた。

一方の幾左衛門は、思いがけず自分に向かってくる市兵衛と六平を、逃がしはしねえぜ、と三人の手下らを前に立たせ、逃げ道を塞がせた。

逃がしさえしなければ、重四郎らが始末をつける。獲物を網から逃がしちゃならねえと、その程度のつもりだった。

三人の手下は長どすを抜き、獲物を威嚇するように雄叫びをあげてふり廻した。大声で脅せば怯むだろうと侮った。

ところが、市兵衛と六平は瞬時もためらわず、見る見る手下らに肉薄した。そして、市兵衛のすっぱ抜きが正面のひとりを胴抜きに斬り裂いた瞬間、正面の手下らには、あっ？　と言う間もなかった。

かえす刀でまたひとりを右からの袈裟懸に仕留めた瞬間、凄まじい絶叫と悲鳴が蘆荻の野に吹く風を引き裂いた。

胴を斬り裂かれた手下は横転し、胸から腹下まで袈裟懸を浴びた手下は目を剝いて血飛沫をまきつつ、仰のけに噴き飛んでいた。

そのとき、六平の背後に迫った雲水が奇声を発し、邪気を断つかのように錫杖を錫々と鳴らしつつ、六平の背後へ打ち落とした。

抜刀した六平は、大きな体軀をゆらして踏み止まり、ふりかえりながら雲水の一撃をぎりぎりに払った。

雲水は払われた錫杖を頭上に素早く旋回させ、続け様に浴びせかかる。

それもかろうじて受け止めた六平の太い腹に、雲水は足蹴を喰らわせた。

六平は身体を支えきれず、尻餅を搗いた。

「あいやあ」

雲水が叫び、錫杖を奮った瞬間、市兵衛は尻餅を搗いた六平の頭上を飛び越え、着地と同時に雲水の顔面を袈裟懸に斬撃していた。

雲水は最期の声もなく四肢を投げ出し、地に叩きつけられた。

続いて斬りかかる侍の一刀を、からん、と払いのけ、もうひとりの一刀を頭上すれすれに躱して胴抜きに斬り抜けると、斬り抜け様に反転し、払いのけた一刀が大上段から再び斬りかかったところを、左へ半歩はずして右足を引き、今度は左袈裟懸に斬り捨てた。

二人の侍は苦悶の声を絞り血を飛び散らし、互いにもつれて斃れた。

幾左衛門と残りの手下は、思いもかけなかった一瞬の展開に仰天した。

「わあっ」

と、転びそうになって身をひるがえした。

市兵衛は幾左衛門を捨て、蝙蝠半纏の重四郎へ転じていた。

もたつきつつも起きあがった六平が、駆け出した市兵衛のあとを追って言った。

「後ろはわたしが防ぎます。唐木さんは頭を……」

「承知」

市兵衛はかえし、重四郎との間をたちまち縮めていった。

重四郎は、顎の骨と頬骨が張った浅黒い顔が、身体よりも不釣り合いに大きな男だった。見開いた目を炯々と光らせ、手甲を巻いた太い腕で、腰の一本差しの長どすを引き抜いた。

「さんぴん、やるじゃねえか。勝負はこっからだぜ」

うおお……

重四郎が突進し、獣のように吠えた。

蘆荻の野原を飛び交う鳥の声が、ひゅういー、ひゅういー、と重四郎の喚声を間の手で囃すように鳴いた。

先手は重四郎がとった。

重四郎は左右にふり廻した長どすを市兵衛に浴びせかけ、市兵衛がそれを受け止めた瞬間、岩のように固くごつい身体ごと、市兵衛に体当たりを喰らわした。

しかし、市兵衛は突き飛ばされなかった。

肉と骨を鳴らし、凄まじい衝撃を受け止め、片足を大きく引いてつっかい棒にし、小石と砂地の地面をずるずると擦った。

市兵衛のすぐ後方には、六平が三方より迫る渡世人らを相手に追いつめられ、息を荒らげ、懸命に刀をふり廻して、かちんかちん、と斬り結んでいる。

ただ、渡世人らは腕のたつ浪人者は頭の重四郎に任せ、自分らは動きの鈍い太った侍をじっくり始末すればよいと見くびり、そのため、討たれまいと足をもつれさせながらも必死に防いでいる六平に手間どった。

市兵衛は、ずるずると後退を続けながら、重四郎の分厚い体軀の重圧に耐え、押し止(とど)めたかに見えた。

「虚仮(こけ)が、最期だ」

重四郎が怒声を投げた。

「それだけか」

と、市兵衛がむしろわずかに押しかえしたとき、重四郎はそれを狙っていたかのように、分厚い体軀を素早く横へ躱して市兵衛の押しかえしをいなした。

市兵衛の身体がいなされて前のめりに泳いだところを、片手上段に長どすを叩きつけた。いかにも、出入りの場で身につけた喧嘩殺法だった。

咄嗟に、市兵衛は空へ泳いだ身体を一回転させ、回転しながら重四郎の太い股に刃(やいば)を一閃(いっせん)させた。

重四郎の片手斬りは、市兵衛の背中の手文庫をかすめ、割っただけだった。

「この野郎」

重四郎が再び長どすをかざして市兵衛を追った瞬間、重四郎の膝から、ぴゅう、と鳥の鳴き声のような音をたてて血が噴いた。

ああっ、と重四郎は声を引きつらせ、長どすをついてよろける身体を支えた。

そのとき、六平は渡世人の浴びせかける長どすをかろうじて払ったが、堪えきれずに片膝を落とした。

渡世人が長どすをふりかざし、六平へ打ちかかった。

瞬時に身をかえした市兵衛は、渡世人の長どすをぎりぎりにはじきあげ、渡世人に刀をかえす隙を与えず右袈裟斬りに斬り落とした。

渡世人は血飛沫と悲鳴をあげ、きりきり舞いをして砂地へ突っこんだ。

残る二人は、長どすをわきにかまえながら、かえり血を浴びた市兵衛を見つめて唖然とした。

二人の長どすが小刻みに震え、鍔(つば)が縁金(ふちがね)に触れてかちかちと鳴った。二人には、頭の重四郎が血の噴く膝を手で押さえ、足を引き摺り後退(あとずさ)っていくのが見えていた。

すると、息苦しそうに肩をゆらしながら立ちあがった六平が、血まみれの足を引き摺り漁師小屋のほうへ逃れていく重四郎のあとを太い身体をゆすって追いかけ、重四郎の蝙蝠半纏を背後から袈裟斬りに斬り落とした。

重四郎は最期の悲鳴を甲走らせ、漁師小屋の木組をへし折り突っこんで、木組にたてかけた葭簀が砂埃（すなぼこり）を舞いあげて重四郎の上に覆いかぶさった。

それから六平は、力つきたかのように坐りこんだ。

「これで最後だ。こいっ」

と、市兵衛が高らかに言うと、男らはじりじりと後退り始めた。

二人は怖気づき、唾を呑みこみ、身体を震わせた。

と、次の瞬間、二人ははじけるように身をひるがえし、岸辺をとり巻く蘆荻の奥へ姿を消し去った。

そのとき、後方で成りゆきを見守っていた幾左衛門と手下が、慌てて逃げ出していくのが見えた。

市兵衛は捨てられた長どすを咄嗟に拾い、幾左衛門を追って駆けながら長どすの柄（つか）を逆手につかみなおして投げた。

ひゅるひゅると岸辺の空をきった長どすが、幾左衛門の皮合羽の上から尻に嚙（か）

みついた。

幾左衛門は叫び、つんのめって小石と砂を飛び散らした。

身をよじり、石ころと砂をかいて逃れようともがいた。幾左衛門を捨て逃げ去っていく手下に、「待ってくれ」と空しく叫んだ。

気がつくと、幾左衛門のそばに市兵衛が立っていた。市兵衛は、幾左衛門を冷やかに見おろした。

「済まねえ。待ってくれ。これには、わけがあるんだ」

幾左衛門は市兵衛を見あげて言った。

「幾左衛門、おまえの話は終っていない。話せ」

「ああ、わかってる。話す。話すが、おれはわけなんぞ何も知らねえんだ。ほ、本途なんだ。ただ、頼まれただけなんだ。た、たぶんそいつは……」

市兵衛は幾左衛門の尻に嚙んだ長どすの柄をにぎり、さらに突き入れ、

「話せっ」

と、冷然と言った。

幾左衛門の悲鳴が、次第に暮れていく蘆荻の野に吹く風にかき消された。手文庫の中の証文が風に吹かれて、ひらひらと岸辺に舞った。

六

新橋北の八官町の古物商・備前屋傳九郎と手下の小吉郎が、小伝馬町の牢屋敷で打ち首になったのは、文政八年の暮れである。

それより前、女房のおりょうは、同じく小伝馬町の牢屋敷で重追放を申しわたされ、即刻、江戸を追われた。

読売屋の三太と恵造、朝吉は、三人ばらばらに江戸から姿をくらました。

三太と恵造が野州の氏家村の番太と村役人らに捕らえられたのは、年が明けた文政九年の春で、二人は唐丸駕籠で江戸へ護送され、これも小伝馬町の牢屋敷で処刑された。ただ、朝吉はそのあとも行方はわからなかった。

東宇喜田の幾左衛門は、東宇喜田の村役人らの手により小菅陣屋の役人に引き渡され、江戸の御用屋敷へ護送された。

幾左衛門は江戸の者ではないため、評定所において打首の断罪を受けたが、処刑は東宇喜田村の野に竹矢来で囲った刑場を設け、近在の漁師や百姓の見守る中、小菅陣屋の役人の手によって執行された。

また、上方で集めた盗品を江戸の備前屋傳九郎に廻漕(かいそう)していた一味が、大坂東西町奉行所の捕り方により一斉に捕縛(ほばく)されたのも、文政八年の秋の終りである。

それらの、それぞれの顚末(てんまつ)にいたるより以前、八月中秋(ちゅうしゅう)のその日、笹山家の主人・卯平の寝間に、笹山卯平、笹山家に仕える老僕・長井染右衛門、卯平の倅の笹山六平、そして、京橋北の柳町に診療所を開く蘭医・柳井宗秀の四人がいた。

卯平の寝所の面する庭に、穏やかな秋の気配がたちこめていて、庭の木々の彼方には、白い鰯雲(いわしぐも)がたなびく青空を背にした築地本願寺の堂塔が見える。

夏の終りから秋にかけて猖獗(しょうけつ)をきわめていた流行風邪は、勢いは先月よりはいく分弱まってきても、未(いま)だ油断できない状況が続いていた。

だが、その流行風邪にやられ、当人ももう助からぬ、余命わずかと観念していた卯平の病状は、八月の中旬が近づくにつれて一転、回復の兆しが見え始めた。

食欲も出てきて、中秋のその日ごろには、寝床の中で起きあがることができるほど、身体の力をとり戻していた。

その日、宗秀の往診を受けた卯平は、内心は起きあがりたくてむずむずしていたものの、もう老いぼれは長くない、というふりを装い大人しく床についていた。

　四人はむろん、口と鼻を覆う白い晒の覆面をつけている。

　診察を終えた宗秀は、小盥の水で手をすすぎながら言った。

「どうやら、厄介な流行風邪を追い払われましたな。ここまでよく回復なされた。大したものだ」

「こんな老いぼれが、先生のお陰で、かろうじて命をとり留めた。無駄に生き長らえても、なんの値打ちもないのだがな」

　卯平はわざとらしく、弱々しい声で言った。

「わたしは医者です。医者に値打ちのない命などありません。無理は禁物ですが、少しずつ起きて身体を動かし、命が無駄か無駄ではないか、ご自分でお確めになられることです」

「長く生きすぎて、いやになるくらい確かめた。おのれのことはおのれが一番よく知っておる。人の一生など束の間だが、無駄な命は無闇と長い。困ったものだ」

「よろしいではありませんか。無駄な命でも愛おしいと思う者もおるのですから、笹山さまもせいぜい、無駄に長生きなされませ」

「すると、わしが無駄に長生きすればするほど、先生の法外な往診料もまだまだかかるというわけだ。大変な費えだぞ、染右衛門」

卯平に言われ、染右衛門は覆面の下で軽く咳払いをかえした。

「ご心配には及びません。法外な往診料は、日々いただく飯や菜、味噌に醤油、塩や酢や味醂や酒、衣服に飯を炊く薪や行灯の油、雨漏りの修繕、ときには茶屋の茶汲女相手の馬鹿騒ぎなどなど、使い道はいくらでもあって、人々の暮らしにほんのわずかながら役にたっております。金貨銀貨も、笹山家のお屋敷で無駄に眠っておるよりは、ずっと値打ちが出るではありませんか。ですよね、六平さま」

「は、はい」

六平は、覆面の上にはみ出た分厚い頬をゆるませ、頬の上の細い目を愛想よくいっそう細めて、宗秀にこたえた。

「まったく。こういうときは病に臥せっておる父親の身を気遣って、父親に同調するのが孝行息子というものだろう。気の利かぬ」

卯平は六平の人のよさに小言を言い、はあ、と呆れたため息を吐いた。

「ところで、先生が中立をしてくれた唐木市兵衛は、なかなか使える男だ。あれほどの者が市井に埋もれておるのは惜しいことだ。唐木がその気なら、笹山家に奉公させるのだが、仕事が済んだらとんと顔を見せぬ。あの男、あれで存外、情の薄い男なのかもしれぬ」

「市兵衛は渡り者です。次の奉公先を探しておるのです。あるいはもう見つけて、新たな奉公を始めておるかもしれません。唐木市兵衛は、決して情の薄い男ではありません。むしろ濃すぎて、由緒ある旗本一門の身分を捨てたのです」

宗秀は庭の穏やかな秋の気配へ目をやり、市兵衛はそういう男だ、と腹の底から思った。

「ふむ。由緒ある旗本一門のか。なんにしても、唐木市兵衛がわが倅の命を救うてくれたのは間違いない。できが悪くとも、倅は倅だ。六平から事情を聞かされ、魂消たし、胸が潰れそうになった。できの悪い倅でも、いなくなったら耐えがたかった。唐木と数日をともにしただけだが、余ほど濃密なときをすごしたのだろう。わずかなときの間に、六平が少し変わったのがわかる。相変わらず気は利かぬとも、変わったのは感じる。わしは父親だから、わかるのだ。六平が変わったのがわかって、まだ死ねるか、まだまだ生きてやると、無性に気力が湧いてきた。唐木がそう思わせたのだな。あの男にはもっと礼を言いたかった」

「市兵衛に、伝えておきます」

　宗秀は言った。

「それで決心がついた。笹山家の家督を倅に譲って、わしは隠居をする。これからは六平が笹山家を守っていくのだ。このたびのような、思いもよらぬ妙な一件に巻きこまれて、危うく命を落とすところだった。つくづく、この世の一寸先はわからぬものだと思った。もっと早く、そうしておくべきだったかもしれん。それも唐木がわからせてくれたのだな」

「そうでしたか。六平さま、おめでとうございます。いよいよ、家禄千五百石のお旗本の一門を背負っていかれるのでございますな。重荷ではありましょうが、それが武門に生れた者の習い。六平さまはきっと、よき主に成られます」

　六平は太った大きな身体を恥ずかしそうに丸めて、小声で言った。

「よき主に成れるかどうか、自信はないのですが。けれど、唐木さんはわたしのようなできの悪い役たたずに、あのとき、戦うしかないと、仰ったのです。市兵衛さんに言われて、勇気が湧きました。諦めなくてよかったと思います。今は小普請の笹山家ですが、諦めずに御番入りを目指します」

　ふん、と卯平はいつもの皮肉な調子ではなく、これまでとは違う倅の言葉が少々照れ臭そうに、白い晒の覆面の下で笑った。

それから、ふと思い出したかのように言った。

「広川家の助右衛門は、どうなるのかの。助右衛門にはだいぶ困らせられたが、あの男なりの事情があった。助右衛門の優秀さが、良くも悪くも助右衛門のこのたびの一件の元になったと言えなくもない」

「まことに、広川助右衛門さまには、お気の毒なことでございます」

染右衛門が言い添えた。

「広川助右衛門さまが、どうかなさったのですか」

宗秀が訊くと、六平までが首をかしげて、困惑の表情を見せた。

「先生はご存じではないようだ。染右衛門、教えて差しあげよ」

と、卯平が染右衛門に寝床の中から言った。


備前屋傳九郎と女房のおりょうが捕縛されたあの夕刻、寄合席の五千石の旗本・広川助右衛門が、八官町の備前屋の店にいた事情は、最早逃れられぬと観念した傳九郎とおりょうの白状により、その夜のうちに明らかになった。

楓川（もみじがわ）沿いの本材木町にある《三四（さんし）の番屋（ばんや）》で、傳九郎とおりょうに一件の一部始終を白状させた定廻りの渋井鬼三次は、広川助右衛門と備前屋傳九郎のかかり合いを表沙汰にする前、北町奉行・榊原主計頭(かずえのかみ)に報告したのだった。

それが内々に、若年寄より寄合上席の肝煎(きもいり)を通して広川家に伝えられたのは、翌日のことである。

助右衛門自身は、八官町の捕物があったとき、即座に備前屋から江戸見坂下の屋敷に逃げ帰っていた。助右衛門は具合が悪いと装い寝床に入り、当夜は一睡もできず震えていた。

そして翌朝、寄合席各組の支配である肝煎(きもいり)が広川家を訪ねてきて、事情を伝えられた。

「広川家当主が、盗品一味に加担する事態にはいたっていないのは、不幸中のせめてもの幸であった。だとしても、天下の旗本が無頼の徒に脅されて仲間に加わるなど、武門の面目を損なう大失態である。わたしもこれを聞き、驚き呆れ、耳を疑った。こんなことは表沙汰にしてはならぬ。あまりにもみっともない。武門の体面を疵つけるにもほどがある。よって、これは広川家の中だけで始末をつけ、一切なかったことにするべしとの、若年寄さま御一同のご意向でござる。すなわち、この御沙汰は、名門広川家ゆえのぎりぎりの温情と心得られよ」

肝煎が帰ったあと、広川家は騒然となった。すぐさま、親類縁者ら一族の者が屋敷に集められ、いかなる始末にするべきか、ひそかに協議が行われた。

むろん、その協議に当主の助右衛門が加わることはなかった。

屋敷奥の一室に蟄居（ちっきょ）の身同然に押しこめられ、協議の結果を待った。

その日の夕刻までに、広川助右衛門は多病たるによって、縁者より新たに養子を迎え家督を譲る旨を、肝煎を通して若年寄に願い出て即刻許されたのだった。

助右衛門の処遇については、親類の中には、「腹を切り広川家の名誉を守らせよ」と主張する者もいたが、「悪事に手を染めるまでにはいたっていない。ご禁制の博奕で借金を拵（こしら）えたが、それだけで切腹までは……」と言う親類もいた。

勘定衆の秀才の中から選んだ婿養子だった。

広川家を御番入りによって五千石の大身に相応しい役目に就く狙いが、こうなった。

広川家の婿養子に迎えるにあたり、助右衛門の人柄など、考慮しなかった親類縁者にも、多少の後ろめたさがあった。ただ、誰もがこの一件を早急に蓋（ふた）をすることを望んでいた。それだけはみな同意していた。

笹山卯平の借金は、広川家の藤田という家臣が訪ねてきて返金した。

日がたち、八月中秋のその日の昼下がり、江戸見坂下の広川家拝領屋敷を、年のころは五十二、三の、顎骨が張り、血色のよい大きな赤ら顔が目だつ侍が訪ねた。

侍の名を、正田昌常と言った。

主を持たぬ浪人者ながら、幕閣や諸侯の江戸屋敷の重役らに知己が多く、顔の広さを生かし、主に旗本衆に加給の職俸の得られる役目に就く口利きと中立の相談に乗って謝礼を得る権門師、あるいは御内談師とも言われる人物である。

一勘定衆であった御家人・新庄助右衛門に、寄合席の家禄五千石の旗本・広川家への婿養子入りの縁談を、広川家との間に立ってとり持ったのは、この正田昌常であった。

正田は、身分違いの御家人・新庄助右衛門を婿養子に迎える広川家の意図を包み隠さず伝え、助右衛門の秀でた才と広川家の家格があれば、勘定奉行、あるいは江戸町奉行の役目にも、いずれは就けると誘ったのだった。

よって、文政五年（一八二二）閏一月、広川家に迎えられた婿養子の助右衛門に、三年余がたった文政八年のその日、広川家の一族が決めた助右衛門の処遇を伝えるのも、正田昌常の役目であった。

助右衛門は、屋敷奥の薄暗い一室の壁に凭れて着座し、ぼうっとしていた。

一室は何にも使っておらず、行灯が一灯に、明かりとりと風通しの窓があるだけの、殺風景な三畳の薄暗い空部屋だった。

あの日以来、助右衛門はこの部屋で寝起きし、杉戸を閉てた外の廊下には必ず見張りがいたため、用を足す以外は一歩も外へ出なかった。

正田はその三畳間に入り、さほど日数はたっていないが、無精髯が目だち、埃まみれのしょ気た様子に見える助右衛門と対座した。

明かりとりの板戸を五、六寸（約一五～一八センチ）ほど開けた隙間から明るみが射し、助右衛門が無精髯の生えた口元をだらしなくゆるめているのが見えて、正田はこういう男だったのかと改めて思った。

正田は、単刀直入に言った。

助右衛門はうな垂れて正田の話に聞き入り、正田が言い終えても、やはり動かなかった。

「助右衛門どの、お伝えすることは以上でござる。おわかりいただけましたな」

助右衛門は何もこたえず、頷きもしなかった。

「当屋敷を立ち退かれるのは、ご自分の物の荷造りなどもあるでしょうが、できれば今日中にと、広川家のご要望でござる。それもよろしいか」

正田は助右衛門を見つめ、固い沈黙の中で返答を待った。

しかし、先に沈黙を破ったのは正田自身だった。

「切腹を、と強硬に主張される方々もおられた。話し合いの末、そこまではということになったのでござる。あれさえなければと、今になって悔やんでも詮ないことゆえ、助右衛門どのを責める言葉はありません。ただ、惜しい、並みいる勘定衆の中にあって、飛び抜けた秀才と言われるほどの能力がありながら、まことに惜しいと、これは今でも思っておりますぞ」

すると、助右衛門は無精髯の生えた口元をだらしなくゆるめている顔をあげて、明かりとりの隙間から射す明るみに晒した。

やおら、助右衛門はうわ言のような口調で言った。

「広川家を立ち退いても、わたしには、いくところがありません。生家は弟が継いでおり、弟には妻も子も隠居の両親もおりますので、わたしが戻る余地はすでにないのです。わたしは、何もかもを失いました。どうすればよいのでしょう」

「そうは申されても、ご両親がおられるのですから、少しぐらいは里に宿を借りることができるでしょう。ご自分のいける道を探していくしかありません」

正田は言うと、懐より白紙の二くるみをとり出し、助右衛門の膝の前に並べた。

「こちらは当家ご隠居さまと、今は元奥方さまとなられた楓さまより、もうひとつはわたしの気持ちでござる。助右衛門どのはまだ若い。これは手切れ金ではなく、新しい門出のはなむけと思いなされ」

助右衛門は首を折り、二くるみの白紙を凝っと見つめた。薄い明るみに照らされて、白紙は冷たく映えていた。

沈黙が流れ、やがて膝においた助右衛門の手の甲に、続けて涙が跳ねた。

終章　放生

八月中秋のその夜、人々は夜空にのぼった満月の清光を賞玩する。

深川富ヶ岡八幡宮の例祭では、亀や鳥など生ある物を解き放って自然にかえし、これによって死者の冥福を祈り、おのれの後生を願う放生会が行われる。そのまだ明るみの残った夕方の、澄んだ東の空に満月が架かって、月光に白く照らされた飾りのような白い雲が、月にかかっていた。

京橋南の銀座町とも言われている新両替町二丁目の両替商《近江屋》では、中秋の十五夜の宴が開かれていた。

近江屋は江戸屈指の本両替の大店で、様々に取引のある商家の旦那衆のみならず、幕府の要職に就く役人、江戸屋敷に勤番する諸大名の留守居役を招き、また、銀座町の町役人、商いとはかかり合いのないご近所づき合いのある裏店住まいの人々までが集い、その夜だけは、武家と町家、身分の違いを措いて観月を楽しむという趣向の宴であった。

十五夜の宴は、近江屋が銀座町のこの地に両替商を開いて百数十年、往時の三代目の主人が、商いと暮らしにおいて日ごろお世話になっている方々への感謝と、こののちも末永いご縁を願って始めた、近江屋の大事な年中行事でもあった。

表店の裏手、内塀に囲われた住居にて宴は開かれる。間仕切の襖をとり払った客座敷と次の間の広い二部屋に、宴の膳が並べられ、十五夜の月を望む東側の濡れ縁には、芒、初物の栗、柿、枝豆、芋名月に欠かせぬ里芋、葡萄などに神酒を供え、たてた燈明の淡い光が、砂礫を敷きつめ石組みの枯山水の庭へ流れ、その庭には虫の音がささやいている。

近江屋の主人・隆明と若い妻と子供たち、隆明の母の季枝が十五夜の宴の客を迎え、その中に、武州川越藩藩士・村山永正の息女の早菜と、村山家に長年仕え、早菜とともに江戸の近江屋に身を寄せた老臣の富山小左衛門がいる。

早菜は、髪を高島田に結い、山吹の襲色目の小袖に藍地と笹文の中幅帯を締め、訪れたどの客もが思わず見とれる、匂いたつ美しさであった。

早菜の父親の村山永正はすでになく、川越藩の名門村山家は改易となって、早菜は江戸の近江屋の庇護を受ける身のうえのため、町家らしく拵えるつもりだったのが、刀自の季枝がそのような拵えを、と強く勧めたのだった。

「早菜さまはお武家のご息女ですから、近江屋の縁者としてではあっても、武家のご息女らしく拵えていただきますように。十五夜のこの宴は、武家は武家、町家は町家、身分の違いがあれ、豊かであってもそうでなくても、ありのままに集うていただき、分け隔てなくお楽しみいただくのが、近江屋代々の習わしなのです」

と、季枝は早菜に言った。

そのように拵えた早菜が、隆明夫婦や季枝らとともにそれぞれの客に挨拶廻りをするたび、客の間に驚きのざわめきをたてずにはおかなかった。

それを少し離れた膳についていた正田昌常が眺めて、隣の膳の客に言った。

「季枝どのは、村山家の早菜どのを、どちらかの身分の高い武家に、近江屋さんより嫁がせることを、希んでおられるようですな」

正田昌常がそのように話しかけた隣の膳の客は、市兵衛である。市兵衛のまた隣の膳には、矢藤太がついている。

市兵衛と矢藤太も、近江屋で年に一度開かれる十五夜の宴に招かれていた。

この夏、市兵衛は三河町の請人宿《宰領屋》の矢藤太の口入により、川越藩松平大和守家を、理不尽な咎めを主家よりこうむり追われる身となった勘定頭・村山永正と息女の早菜を、江戸の近江屋に迎える役目を請け負うた。

その役目は上意討によって村山永正は非業の最期を遂げ、早菜のみを近江屋に迎えることしかできなかったが、その子細を知った隆明と季枝は、早菜ひとりであっても無事近江屋に迎えられたことを、心より喜んだ。殊に季枝は、

「今は亡き人の、最期の思いをこれで果たせます」

と、市兵衛と口入した矢藤太に礼を言い、止めどない涙を見せたほどだった。

季枝の言った今は亡き人とは、二十五年前、上意討に遭って落命はまぬがれたものの藩を逐電した堤連三郎のことである。

ただし、その子細についてはここでは要らぬ話である。

正田は市兵衛になおも言った。

「隆明どのにしても、早菜どのは大恩人の村山永正どののご息女なのですから、村山家相応ではなく、相応以上の武家へ早菜どのを嫁がせねば、亡くなられた村山永正どのより二十五年前に受けた大恩を報じることができぬと、お考えのようです」

「そりゃあ、早菜さまほどお綺麗な方でしたら、どちらのお武家でもわが倅の嫁にとならないわけはありませんよ。しかも、近江屋さんから嫁ぐとなれば、持参金もそんじょうそこらのお嫁入りの持参金とは、ひと桁違うでしょうからね」

市兵衛を挟んで矢藤太が正田に言い、即座に、

「二桁違うでしょう」

と正田がかえし、二人が、はは、と市兵衛を挟んで笑った。

市兵衛は黙っていたものの、離れた膳の客に隆明夫婦や季枝らとともに挨拶廻りをしていた早菜にその笑い声が聞こえたのか、ちらり、とほんの一瞬声のほうへ白い容顔を向け、市兵衛と目が合った。

それはむろん、ただそれだけのことであったが。

「それに、大店両替商・近江屋さんから早菜どのが大身の武家に嫁がれれば、近江屋さんと武家との繋がりができ、ゆくゆくは近江屋さんの商いに役にたつという胸算用も、商人らしくなさっておられるでしょうし。ところで、嫁入りと申せば、唐木どの……」

正田がまた市兵衛に話しかけた。

「唐木どのはただ今、お内儀はおられず、お独り身でしたな」

たしております」

「はい。妻はおりません。わが身ひとつの暮らしを保ってゆくのに、汲々とい

市兵衛は、夕方の空にだんだん高くのぼる月を眺め、穏やかに言った。

「ならば、妻を娶るお気持ちはございませんか。唐木どのは四十一歳。まだまだ壮健なお身体をしておられる。頭脳明晰、剣術武芸に秀で、浪々の身ではあっても、お生まれは名門のお旗本・片岡家。しかも、お人柄も申し分ない。いかがですか、そろそろ妻を娶るというお考えは……」

はあ、そうですね、と市兵衛は曖昧な返事をした。

「あっしもね、市兵衛さまにはそれなりにいい縁談をお勧めしているんでございますがね。当の唐木さまがどうも煮えきらないと申しますか、はっきりせずにぐずぐずしているもんで、いくら勧めても話しが進まないんでございますよ」

矢藤太がまた、市兵衛を挟んで正田にこたえた。

「それは、妻を娶ったのちの暮らしにご懸念をお持ちだからですかな」

「へい。それもあります。何しろ唐木さまは、こちらのお勧めする仕事に選り好みをしばしばなさり、稼ごうという気持ちが今ひとつ、乏しいんでございます。欲がないと申しますか、それじゃあ女房のきてもございませんよと、ご忠告申し

あげているんでございますが」

「それならばこそ唐木どのの、妻を娶るのではなく、相手の武家に唐木どのが婿養子としてお入りになるのはいかがでござるか」

「おっと。唐木さまが婿養子にでございますか。なるほど。唐木さまほどの人物ならいけます。相当のところまでいけます。いかに浪々の身とは申せ、婿養子に迎えてくれるところであればどこでも、というわけにはまいりません。それなりのお家柄でなければ。でございますよねえ、唐木さま」

矢藤太が、早速、縁談の中立をするような口ぶりで言った。

市兵衛に言葉はなく、月を眺めて酒を呑んでいる。

「それで正田さま、唐木さまにお勧めの婿入先のお相手は、当然、お武家さまでございましょうね。唐木さまはお旗本のお血筋でございますので、お相手もやはりお旗本のご息女で……」

「お旗本です。それも家禄二、三百の石高ではござらん。驚いてはなりませんぞ。家禄五千石の名門でござる」

「えっ、ご、五千石？」

矢藤太が目を丸くした。

ふと、市兵衛の脳裡をあるささやかな記憶がかすめた。

「それは、どちらのお屋敷のお旗本でございますか」

市兵衛ごしに、矢藤太が膝を乗り出した。

「ま、今日明日にでもという話ではござらぬが、もしそういう話をそれがしがとり持てば、唐木どのはお受けになるつもりが、おありですか。おありならば、わたしは話しを進めてもよいかなと、思うておるのです」

「凄い。市兵衛さん、五千石のお旗本の殿さまだぜ」

矢藤太は気を昂らせ、普段の言葉つきになっていた。

市兵衛はささやかな記憶が、つい気になり、さりげなく正田に訊ねた。

「それはどちらの……」

「やはり気になりますか。でしょうな。ですが、今はまだこの場だけの話にとどめておいていただきたい。よろしいな」

と、正田は周囲をはばかるように声を落とした。

「はい」

市兵衛は和やかにかえし、矢藤太は懸命に頷いた。

正田は、市兵衛にいく分身体を寄せ、ささやくように言った。

「江戸見坂下に拝領屋敷がござる旗本・広川家を、ご存じですか。寄合席であっても、家禄五千石の大身でござるぞ。婿入りするお相手の嫁は、その広川家ご長女の楓どの。御歳二十七。少々気がお強い、という評判ながら、器量のなかなかよい方でござるぞ。唐木どのなら、さぞかしお似合いでござろうな。ここで子細はお話しできぬが、広川家には男子がおらぬゆえ、婿入りなされば、いずれ広川家の家督は楓どのの婿どのが継ぐことになる。ただひとつ、楓どのは一度、婿をお迎えになられていた。ところが婿どのとの相性が合わず、またほかにもいささか障りがあって、三年余ほど続いたものの離縁なされた。前の婿どのとお子も生まれなかった。いかがでござるか、唐木どの」

「市兵衛さん、江戸見坂下の広川家は、先だっての例の話の……」

矢藤太は言いかけて口ごもり、そわそわした。

すると、市兵衛が少々屈託のこもった語調で正田に言った。

「あなたでしたか。勘定衆だった助右衛門さんが、広川家の婿養子に入る中立をなさったのは……」

「おやっ、唐木どのは助右衛門をご存じでしたか?」

正田は意外そうに訊きかえした。

市兵衛は、広川助右衛門が婿入り先の広川家の当主を、多病により、という理由で退き、広川家親類の男子が養子に入り家督を継いだという経緯を、笹山卯平に聞かされていた。

助右衛門の借受金のとりたてを廻(めぐ)って、笹山六平とともに、八官町の備前屋傳九郎なる盗品売買を生業にする古物商に、命を狙われるほどの事件に巻きこまれたけれど、助右衛門にしこりを残しているわけではない。

むしろ、助右衛門自身、博奕(ばくち)好きが昂(こう)じて返金できないほどの借金を拵え、それがために傳九郎の事件に巻きこまれた挙句、広川家の当主の座を追われた顚末(てんまつ)を、ただ一度会っただけなのに、少し気の毒にさえ感じたものだった。

助右衛門の婿養子の立場はどうなるのだろう、と何気なく気にもなっていた。

正田の話により、助右衛門が離縁となり広川家を追われたことがわかった。

「助右衛門とは、どのようなお知り合いで」

正田がなおも訊いた。

「知己、というほどの間柄ではありませんが」

市兵衛はそれしかこたえず、釣燈籠(つりどうろう)を吊(つ)るした軒庇(のきびさし)の上へのぼってしまいそうな十五夜の月を、物憂く眺めた。

そうだったのか、と市兵衛は思っただけだった。ただ、その思いにはわずかに苦みがあった。

十五夜の宵の帳がおりたころ、江戸見坂下の広川家屋敷の裏門わきの潜戸より、柳行李ひとつかついだ助右衛門が、誰にも見送られず立ち退いた。

そして同じころ、築地本願寺の堂塔が望める笹山家屋敷を、家禄百俵余の小普請役・砂川富三郎がひっそりと訪ねた。

また、北町奉行所与力見習の滝山修太郎、同心見習の日下明之進、同じく杉浦勝五、同心の無足見習・渋井良一郎の四人の処分は、以後、慎むように、という組頭の注意のみで、それ以上の咎めの御沙汰はなかった。

乱れ雲

一〇〇字書評

切り取り線

購買動機（新聞、雑誌名を記入するか、あるいは○をつけてください）	
□（　　　　　　　　　　　　）の広告を見て	
□（　　　　　　　　　　　　）の書評を見て	
□ 知人のすすめで	□ タイトルに惹かれて
□ カバーが良かったから	□ 内容が面白そうだから
□ 好きな作家だから	□ 好きな分野の本だから

・最近、最も感銘を受けた作品名をお書き下さい

・あなたのお好きな作家名をお書き下さい

・その他、ご要望がありましたらお書き下さい

住所	〒				
氏名		職業		年齢	
Eメール	※携帯には配信できません	新刊情報等のメール配信を 希望する・しない			

この本の感想を、編集部までお寄せいただけたらありがたく存じます。今後の企画の参考にさせていただきます。Eメールでも結構です。

いただいた「一〇〇字書評」は、新聞・雑誌等に紹介させていただくことがあります。その場合はお礼として特製図書カードを差し上げます。

前ページの原稿用紙に書評をお書きの上、切り取り、左記までお送り下さい。宛先の住所は不要です。

なお、ご記入いただいたお名前、ご住所等は、書評紹介の事前了解、謝礼のお届けのためだけに利用し、そのほかの目的のために利用することはありません。

〒一〇一－八七〇一
祥伝社文庫編集長　坂口芳和
電話　〇三（三二六五）二〇八〇

祥伝社ホームページの「ブックレビュー」からも、書き込めます。
www.shodensha.co.jp/bookreview

祥伝社文庫

乱れ雲（みだれぐも）　風の市兵衛（かぜのいちべえ）　弐（に）

令和 3 年 1 月 20 日　初版第 1 刷発行

著　者　辻堂 魁（つじどう かい）

発行者　辻　浩明

発行所　祥伝社（しょうでんしゃ）

東京都千代田区神田神保町 3-3

〒101-8701

電話　03（3265）2081（販売部）

電話　03（3265）2080（編集部）

電話　03（3265）3622（業務部）

www.shodensha.co.jp

印刷所　堀内印刷

製本所　積信堂

カバーフォーマットデザイン　中原達治

Printed in Japan ©2021, Kai Tsujidou ISBN978-4-396-34705-5 C0193